暗い旅

倉橋由美子

河出書房新社

目次

暗い旅

I

光明寺行きのバスがでるまで、十五分以上も待たなければならない、急いでいるわけではないが、あなたはいらいらしながらバス乗り場をはなれて駅前広場を横切る。右側に西武百貨店、左側にあなたとかれがよくバヴァロアやエクレアを食べたことのある風月堂、そして観光都市らしく土産物を並べた店……あなたにとってはまったく見慣れた鎌倉の駅前だ、しかしいま鎌倉は二月の埃っぽい寒気のなかであなたによそよそしい顔をみせている、まるで、目的のない旅行者、いかがわしい、空虚な眼をした異邦人でも迎えるように。

なんのためにあなたは真冬の鎌倉までやってきたのか……今日は週のまんなかの日だ、十時からB教授の《Variété V》があったのに、あなたは出席しなかった。あてもなしに東京駅にでた、大丸、丸善とめぐり歩いてまた東京駅へ……あなたの選択は二つしかなかったのだ、中央線の電車で吉祥寺のアパートに帰るか、それとも横須賀線で鎌倉にむかうか。東京駅、終着駅であり始発駅である東京駅は、あなたを旅へと誘惑した、いや、あなたにはこのよく晴れた真昼にガラスとコンクリートの明るい独房へと帰っていく勇気をもたなかったのだ。あなたは横須賀線の電車に乗った。だがなぜ鎌倉へ？　あなたはだれにもその理由を説明することができない、あなたの目的をうちあけることもできない……目的があきらかにされたとしても、冬の鎌倉と冷たく毛ばだった海は、その目的にふさわしいものではない、とひとはいうだろう……ダイヤモンド・チェックの外套に包まれた不定形の原生動物のようなあなたが横浜まで運ばれてきたとき、にこやかな車掌がやってきてあなたの偽足にさわった。定期券をみせて、「鎌倉まで」とあなたはいった、それであなたの形はきまった……鎌倉駅のホームに降りたとき、一時まえだった。


若宮大路をくだってきた小型タクシイ、赤煉瓦色のニュー・コロナをとめる。材木座のほうへ、とあなたはいう。

「材木座のどの辺です？」

「海のみえるところまで」

「海岸橋のあたりでいいですか？」

「そこから左へはいってください」

あなたはすこし芝居がかっている。だれもタクシイに乗ってそんないいかたはしないだろう。あなたは、いま自分が悲劇の主演女優めいた憂悶の顔で、その舞台、冬の風にざわめく海にむかって歩みでていこうとしていることを知っている……

　あなたがかれということばでその意味と重みをたえずかんじてきた存在、あなたの婚約者、あなたの愛であるかれを、あなたは探さなければならない……かれはすでに一週間以上もあなたのまえに不在だ、かれは存在しない、失踪してしまった……あなたは探さなければならないのだ。すでに徒労の数日がすぎたにもかかわらず、あなたは諦めることができない、次第に塩辛く濃縮され石よりも硬い絶望をかかえながら、それが死に変態するのを期待しながら、いっそうむなしく歩きまわらずにはいられない、街角から地下の喫茶店へ、そして銀杏の並木道から砂浜まで。それは過去のなかへ迷いこんでいこうとするようなものだ。鎌倉……あなたにとって過去の街であり廃都である鎌倉……かつてかれとともに生きた海と太陽、その愛の遺跡を求めてあなたはやってきた、だがこの廃都のなかで、失踪したかれをみいだすことができるのか、もしもかれがいっさいの終結にむかって身を投げたのだとしたら……もしそうなら、ここにあなたがみいだすのはまたもや不在、オゾンのような匂いをもった無、そしてもうひとつの失望にすぎないだろう。鎌倉があなたの曖昧な訪問を冷淡に迎えているのもその前兆だ……あなたの家族やかれの家族がここに住んでいるということも、あなたの捜索に大した光明をもたらしはしまい。あなたはかれが自分の家に帰っている可能性をほとんど信じない、あなたにとってもかれにとっても、家は帰還すべき巣ではなくつねに脱出すべき檻だったから。

車は海岸通りを走っている、やがて九品寺の横にでるだろう。この辺で右折しましょうかと運転手がたずねる、海底電信中継所の横にでる道らしい。ここでいいわとあなたはいい、百円硬貨を運転手にわたす。「海ならすぐですよ、ほらみえているでしょう」……ほんとうだ、海はあなたのまえにある、意外に狭くて低い海の断片が。あなたの口に失望の苦い汁があふれる、あれは海ではない……いや、海の全貌を所有するためにはもっと近づかなければならないだろう……あなたは足をはやめ、砂浜におりる、わざと海をみないで、その腕に抱きとられるまでは恋人の顔をみまいとする少女のように。あなたは幅の狭い砂浜を横切り海に近づく……

荒れはてた真冬の海水浴場だ、散乱する竹や木片、死人の足首のような靴、褐色の瓶。砂浜を吹きぬける塩辛い風と波の音があなたに襲いかかる。海はあなたを裏切った……あの神話的な輝きを帯びた海はもうどこにもない、あなたがたがそのなかで火の色をした二匹の魚のように泳ぎまわった海、エメラルド色の庭園に似たあの海は……

おもいきって捜索願をだすべきではないだろうか？　いまあなたは不安の毒にからだのなかを溶かされながらこの考えを噛みしめている……いや、すでに数日まえからあなたはそれをガムのように嚙みつづけてきた、もうなんの味もなくなっているが、吐き捨てることもできないで、あなたはその考えをもてあましているのだ……

　かれの捜索願をだす……すると、警察が、あの黒い制服に身をかためた組織が、巨大な節足動物のようにその脚を動かしはじめる。かれの発見は時間の問題だろう、だがあなたはかれが死体として発見されることを望んではいない。発見、警察からの通知——おそらくこの謎めいた失踪の結末は新聞でもごく簡単に報ぜられるだろう——そしてかれの両親とともに、あなたも、あなたの両親も、警察に出頭することになる、虫に喰《く》いあらされた神像のようなかれ、あなたの婚約者であるかれを確認するために。あなたは顔を堅くしてそれらのことをやってのけなければならないだろう……あなたはぞっとする。

　うちあげられた海藻の死骸が、波うちぎわにちらばっている、一列に並び、ときに波の舌でそのぬるぬるした葉をなめられながら……エプロンをした中年の女がそれらを拾っている、どうするつもりだろう、食用に供するつもりかもしれない……濃緑のみる、傷だらけのわかめ、ひきちぎられたほんだわら、裂けた舌のような紅藻……あなたはそのひとつをつまみあげて匂いを嗅ぐ。あなたの好きな海の匂いがする、かつてあなたがその口のなかか、舌の裏に、鼻にかんじたあの匂いだ、七年まえの夏に……

……ところで、いま少し自重したほうがよいかもしれない、まだなにごとも決定的ではないのだから。かれの失踪、かれの自殺、それはまだあなただけが自覚している幻の癌細胞にすぎない、あなたはそれをどんなふうに証明することができるだろう？　そんなものを警察官の想像力のなかに移植する試みは、困難であるという以上にばかげたことではないか？　係官は反問するだろう、あなたはどういうわけでそれを失踪とみなすのか？　かれの親戚や友だちのところはひとどおりあたってみたか？　あなたはかれと婚約している、それにもかかわらず、あなたはかれの行方についても、自殺の理由についても、まったくおもいあたることはないという、いや、そういいながらあなたはかれの死について妙に確信をもっている……どうしてなのか？　まったく奇妙ではないか、ほんとはあなたとかれとのあいだには、なにか異常にもつれた関係があったのだろう？　説明できない？　なぜできない、ほんとになにかあったのだろう、たとえば、あなたかかれか、どちらかに新しい恋人ができてしまったとか……そうだ、かれにはあなた以外に秘密の女友だちが――つまり特別に親密な女友だちがいたのではないか？　それともあなたのほうに？　いったい、あなたとかれとは結婚する意志をもっていたのか？　愛しあっていたのか？　愛しあっていたが aimer することを停止した関係……それはどういうことだ、あなたがたはそれではどういう関係になるのだ？　わからない、あなたがたの気もちはまるでわからない、わかることは、なにか醜悪な匂いがするということだけだ……するとあなたは、いらだった、否定的な身ぶりとともに黙りこんでしまうだろう、けっして理解させることはできないという絶望的な怒りさえかんじながら。あなたにはわかっている、あなたが警察署を訪れただけで、そしてあの頬骨と猜疑心の発達した、官僚的で、想像力に乏しく、鶏のように忙しげに動きまわっている係官とむかいあっただけで、あなたはきっと、なにごともいいたがらない頑固な容疑者のように、敵意にみちて口をとざし、舌をこわばらせてしまうだろう……

すでにかれがその死を完成しているとしたら、あるいはまだ生きてはいるが未知の場所で死の穴にすべりこむ準備を着実にすすめているとしたら、どんな周到な警察力によってもかれをひきもどすことはできないだろう、だから、とあなたは考える、いまとなって捜索願をだすことにどれほどの意味があるというのか？　なんの意味もあるまい。捜索は死んだかれの発見、かれの死の確認に終るだろう、それはひとびとが死者を正式にこの世界から除籍するために必要な手続のひとつではあるが、あなたはそんな手続に参加することに耐えられないだろう。

けっして終ることのない波の音。海辺に住むと、最初はかなり長いあいだ海の単調な騒音に慣れることができないものだ、あなたも七年まえの四月に鎌倉に住みはじめたとき、そうだった、この音は三角形状にひらいたあなたのなかの河口におしよせる海嘯のざわめきに似ているからだ……いま、海はあなたの足もとで濁った波をたてて砂にはいあがろうとし、薄い舌をひろげて砂をなめてはまた遠ざかる。二月の午後の風、微細な砂粒をふくんでざらざらする風が吹きつけてあなたの表面を乾かし、冷やしていく。すこし寒くなったようだ、頬や手足が冷えてきた……しかしあなたのなかにある病んだ太陽に似た球状のほてりのために、あなたは熱っぽい。疲れている証拠だ、疲労が蓄積されてくるといつもそんなふうになる……

ああ、失踪してしまってからのかれは、なんという執拗さであなたを苦しめたことだろう……あなたの眼と耳と鼻はかれの存在のどんな隠微な開示にも敏感だった、街を歩きまわると、いたるところにかれが立っていた、蒼ざめたかれの存在が、記憶の竪棺にいれられて……かつてかれと会った場所——かれと歩いた舗道、夕暮どき人目をかすめてすばやい接吻をかわした木犀のかげ、銀杏の実がおちてつよく匂っていた大講堂の横、地下の喫茶店、ときどきかれを待たせた駅……あなたはそれらの場所を歩きまわった、いまもそこに棲《す》みついているようにおもわれるあなたがたの愛の怨霊におびえながら……

そうだ、これは驚くべきことだがまったく確かなことだ、この数年のあいだ、あなたがたが二十四時間以上会わなかったことはただの一度もなかった……それだけでも、今日で一週間以上になるかれの行方不明、連絡の杜絶《とぜつ》はあなたには信じがたいような事実だ、だからこの事実はいつまでたってもあなたにとっては括弧つきの事実でしかないのだ。

　あなたの表面に残っているくぼみ……愛人の去ったあともそのからだの形にへこんでいるベッドのように、あなたの表面にはかれを抱擁しかれを寝かせた跡が残っている。そのくぼみに土をいれて平坦にしてしまうことはむずかしい、どんな新しい愛も、その深いくぼみを埋めるにたりない、すでにその深さはあなたの存在の奥にまで達しているのだから……

　あなたのアパートのベッドのうえであおむけになっていたかれ……あなたはベッドに腰をかけ、かれの頭を膝のうえにのせてもてあそんでいた。一月のある日曜日の午後だった、窓の外にはクリスタルガラスのような硬質の空があった……

「なぜ死にたいの？」

「生きている理由がないからさ。きみだっておなじだろう？」

「でも通俗的な理由ね。生きる理由も目的もない、それにもかかわらず――というより、むしろそれだからこそ生きていくということは、とってもシニックで、いいじゃない？それでいいのよ、あたしたちの原理はそうだったはずでしょう？」

「ああ、そうだろうね。でもそいつはカミュ流の不条理の英雄という昂揚したポーズだ、シジフォスとして生きるには、じつはとんでもないロマンティスムが必要じゃないかな。ぼくは疲れたんだ、Je suis fatigué だ」

「そんな状態になることはよくあるわ、だれにだって」あなたはそういいながらかれの鼻の形を指でたどり、もう一方の手でかれの髪を愛撫していた。そして額にやさしく接吻した、するとかれも微笑とともに唇をもちあげたのであなたはかれの鼻越しに唇を重ね、かれの歯と唇をくすぐりながら、いった。

「あなたは疲れているのよ、すこし眠るといいわ、あたしの膝のうえで……子守唄のかわりに呪文をとなえてあげましょうか、《Je t'aime》という呪文……」

あなたはかれの眼をとじさせ、その眼瞼《まぶた》をあなたの唇で愛撫しながら愛の呪文をささやいた。それは数えきれないほどいいかわされてきたのに、口をとおるたびに恥しさであなたを熱くせずにはいないことばだった。しかし不安のためあなたは祈禱のことばのようにそれをくりかえしていた、不安のため、暗いぞっとする未来の予感のため……

それからおよそ一月たったいま、あなたの予見は実現されはじめている、あなたはかれを失いかけているのだ……いや、まだ完全には失っていないかもしれないが、あなたに残されているのは薄れゆく星をみつめる失明者の不安だけだ……

あのとき……七年まえ、十七歳の四月、あなたが高校三年にすすむときのことだった、あなたの家族は鎌倉に引越した。父は自分の生まれた鎌倉に帰って近代的な歯科診療所を開設したがっていた、その診療所がまずできあがり、半年ののちあなたがたの住む家も稲村ケ崎に新築された……あなたは高校生活最後の一年を鎌倉ですごす決心をした、それまで住んできた雑司ケ谷のあたりに、家族からはなれて下宿住いをしながら、もとどおりO女子大附属高校に通学するよりも――このひとり暮しだけはあなたにとってすくなからず魅力的ではあったが――転校して、家族といっしょに新しい鎌倉の家に移るほうを、あなたは選んだ。海のみえる家、波のきこえる家、岬と島、純白の砂浜、そして生活の変化、予感される冒険、あなたの頭はいくえにも夢で繃帯《ほうたい》されているかのようだった……

……その四月のある午後、あなたはこの材木座海岸に散歩にきた。砂のうえから陽炎《かげろう》がたちのぼり、海は静かだった。あなたはサンダルをぬいで片手にぶらさげ、海藻のちらばる波うちぎわ、ぬれて鋼板のように輝く砂の肌に足跡をつけながら、貝殻を拾っていた、ちょうどいまあなたのまえで海藻を拾っている女のように……あなたはしかし掌のなかの貝殻の破片に失望すると、それを波に投げつけ、滑川《なめりがわ》の河口付近で発見されるといわれている中国竜泉窯《りゅうせんよう》の青磁の破片でも探しにいこうとおもった……

ふいに、あなたの眼はひとりの少年を捕えた、砂に曳きあげられた小舟のかげで長いあいだあなたをみつめていたにちがいない少年を。狼狽した獲物はあなたの眼から投げられた網のなかで白い魚のようにきらめいた、だが苔色《こけいろ》のセーターを着たその若い高貴な獣、かれは、あなたが近づいていくと、身をもがくのをやめ、少年画家のような眼をあなたにむけたので、たちまち主客は顚倒《てんとう》した、あなたは熱くなって、笑いが——あなた特有の、植物的な微笑が、あなたの表面をおおった。少年は手にしていた本に眼をおとした、あなたのような素足の闖入者《ちんにゅうしゃ》に海辺の読書をかき乱されまいとするかのように。しかし偽《にせ》の熱中は長つづきしなかった、そのあいだにあなたがかれのすぐそばまでしのびよってしまったからだ……かれは本を閉じて、あなたをみた、退屈そうな、大人の眼で。あなたもみかえした、あたしは恋におちた少女のようにみえるだろうとおもいながら、あなたは右の眼に魔女の誘惑の彩りを、左の眼には魅せられたものの熱っぽい光を浮べてかれをみつめていた。このあなたとおなじくらい若い少年こそあなたの愛の共演者にふさわしい……かれは古代人たちが刻んだあの地中海的な若い神々の像に似ていた、青い海に浮ぶかれの頭部や完璧な線で囲まれたかれの横顔がその魅力の罠でしっかりとあなたを捕えてしまった……

「シェーン！」とあなたが口のなかでつぶやいたとき、かれはすばやい眼をあなたにむけ、肩をすくめた。そしてはじきかえすようにいった。

「ダンケ・シェーン」

あなたは狼狽して顔をふせた。それから多少わざとらしくいった。

「その本、みせて」

かれはあなたの顔にむかって本をさしだした、まるで匕首《あいくち》でも擬するように。あなたと少年は一瞬のあいだその小さな舞台をはさんで強いまなざしを衝突させ、押しあった。

「きみはどこのひと?」

「よそからきたの……遠いところから」

するとかれは声をたてずに笑った。

「なにがおかしいの?　ちっともおかしくないのに……あたしは日本人じゃないのよ」

とあなたはまじめな顔でいった、かれが手にした文庫本の表紙をみると、カミュの『異邦人』だったから。

「この本、読んだの?」

「ナイン。日本語、まだよく読めません」

かれはすぐあなたの芝居に気づいたので、清潔な笑い声をたてた、それから、たとえば夢からさめるときのような焦点を急に現実にあわせようとする魅力的な眼をした。

「混血だな。お母さんは?」

「ドイツ人」

「どこに住んでいたの?」

「ボン。二年まえ、日本に帰ってきたの」

「ぼくも混血だよ、ぼくのママはフランス人だ。パパが日本人で、パリに留学したとき知りあったんだって。だからぼくはフランス語と日本語と両方しゃべれるよ」

「嘘つき！」とあなたは叫び、それから笑いだした。

しかしあなたはなにを期待しているのか？　あなた自身もそれをよく知ろうとしない。奇蹟がおこり、時間のフィルムが逆に巻きほぐされて、もう一度あなたのまえにあのときの世界があらわれ、そしてそこに十七歳のかれが登場することを、あなたは待っているのだから……そうだ、あなたは待っている、この過去がいま再現されることを。

声をあわせて笑ったあとで、あなたがたはふいに底のない沈黙の裂け目に墜落した……かれのカルデラ湖に似た眼が、刻々と変化する光の溶液をたたえてあなたをみつめていた、あなたの眼もそれをみつめていた、そのあいだに、沈黙からはいあがろうとする努力につれて、あなたの手は舟のへりを休みなくはいすすんでいった。そしてかれの手もおなじようにあなたの手に近づきつつあることをあなたは知っていた……指先の、軽い、最初の接触がおこるとあなたがたの指は相手の指の腹にそってすべり、次第に指と指とをからみあわせていった。このおもいがけない指の愛撫であなたの眼は力を失い死に瀕した……長いあいだあなたは眼をみひらいて抵抗した、しかしあなたの手全体がかれの手に握られたとき、あなたは眼をとじて失神したように頭と髪の束をうしろに投げだした……

これがあなたがたの初対面の握手だった、かれとあなたは自分の名をいいあった。

曳きあげられた舟、白骨色の、傷だらけの肌をもつ、内臓を抜きとられた魚のように空虚な容器、乾ききった死骸……どんな用途にもちいられた舟か、あなたにはわからない、胴が張って不恰好に大きいが、漁船にしては小さすぎる、なかはからっぽだ……あちこちにこれとおなじ形の舟が砂のうえにうずくまっている、砂漠のなかの駱駝《らくだ》のように……あなたはざらざらと荒い木目のあらわれた舟を叩く、それはドナルド・バードの《Amen》のリズムだがあなたはそうだと知っているわけではないだろう、そのリズムはすぐ崩れてバイヨンのリズムになる……それからあなたの手は舟べりをゆっくり愛撫しながら一周していく、舟のかげにひそんで待ちうけているものをみつけようとするかのように、あなたは舟のまわりを一周する……なにもいない、だれもいない、かれはあのときのようにあらわれはしない、弱々しい瀕死の微笑があなたの唇のあいだで息をひきとる……

ちょうどいまあなたが立っているあたりの砂のうえだった、あのときあなたとかれとが並んで腰をおろしたのは。かれが坐ろうといったのであなたもうなずいて砂のうえに脚を投げだした、なにかいうべきだとおもっていたが、あの奇妙な最初の愛撫、眼と眼との、指と指との異様な愛撫のあとであなたの舌はすっかり硬直していたのだ……あなたは眼を細めて陽《ひ》ざしをまぶしがるふりをした……あのときはいていたのは、朱と黄色のインカ調模様のスカートだった、それは向日葵《ひまわり》のようにひろがっていた……その燃える花から砂のうえに伸びていたあなたの脚、金色のうぶ毛にも似た光芒《こうぼう》で包まれたあなたの脚に、あなたはかれのまなざしをかんじた……サンダルから足を抜き、すこし赤くなった足の指を砂にもぐらせると、あなたはかれにいった。

「暑くなってきたみたい……海にはいって足を冷やさない？」

「きみだけ、いって冷やしておいでよ。ぼくはここでみている。でも、水はまだ冷たいよ」

そこで立ちあがり、すこしよろめきながら、あなたははじめて舞台を踏む俳優のような足どりで海にむかって歩いていった。

「四月……なんだか、残酷な季節のはじまりって、感じ、しない？　空気を吸いこむと、濃い夢で胸がいっぱいになるみたいで、熱っぽくて、息苦しいような気がしない？　あたしね、自分が若い植物で、春になると、なかからある残忍な力で容赦なしにおしひろげられていくような感じがする。そんな経験はない？　あなただってあるでしょう、男だって……そうね、脚からだんだんと、胴をとおって頭にまで、緑色の樹液がのぼってくる……あなたはそんなふうにかんじたこと、ない？」

　それはあなたにも統御できないふしぎな旋律に乗ってあなたの口からとめどなく流れでる饒舌だった……あなたは砂のうえに坐って若い巫女《シビル》のように話していた、濡れて砂まみれになった足をかれの足と並べて。

「よく似てるなあ！」とかれはとつぜん叫んだ。

「なにが？」

「きみの足とぼくの足」

「足なんて、みんな似てるものよ」

「そんなことはないさ、兄弟でも全然似てないものだよ。ところがきみとぼくとは、双子みたいに似ている」

　しばらくのあいだ、あなたがたは黙った。舞台に人かげはなかった、うちよせる波があなたがたを登場人物としてはじまった仮面劇のために合唱隊の役割をしていた……あなたは立ちあがった、次の幕まで退場するために。あなたがたは次のランデヴーの約束もしなかった、どんな実際的な配慮にもよらない偶然の、だから運命的ともいえるような再会を、あなたは信じていた……かれは立ちあがると唐突な声でいった、「これ、あげるよ、きみに」そしてあなたの手に『異邦人』がのせられた……

　数日後、あなたは転校生としてはいっていったK高校の教室でかれと再会した、そしてあなたがたのはてしない愛の遊戯がこのときからはじまった。

……あなたは自分の感情を名づけようとした。しかしそれはあまりにも簡単なことだった、あなたが、かれ、あの神話的な美少年だったかれに抱《いだ》いた感情は恋という以外に名づけようのないものだったから。あなたはそのとき十七歳だった、ある種の良識によれば恋をするにはいささか早すぎた。だがあなたのように演技術と自己演出にたけた少女は——とあなた自身は信じていた——情熱にとらえられることを軽蔑していた、そこで、情念の糸を操って少しずつ仮面を動かしていくこと、典雅に、古典劇風に……それがあなたの理想だった。

けたたましい泣き声があなたのうしろでおこる……やっと歩きはじめた幼児だ、拳《こぶし》を振りかため、威嚇的な、火のような泣き声を放って犬の襲撃に対抗している、だが困惑しているのははるかに大きい犬のほうだ……あなたは笑いだす、あなたには、かけよって子どもを抱きおこし犬を追いはらってやるつもりはない……犬はついに決心する、かれは頸《くび》をのばし、子どもの短い脚のあいだにちらばったビスケットを食べはじめる。赤ん坊は猿のように顔を顰《しか》めていっそう絶望的に泣き叫ぶ……これ以上傍観することはあなたの立場をまずくするだろう、あなたはいってあの猿の子をあやしてやるがよい、あるいはただちにこの事件の現場から遠ざかることだ……笑いながらあなたは近づく、犬は尻尾を振り振りその不当な食事に熱中しているが、きっとあなたの叱声《しっせい》ひとつで臆病に逃走するだろう……そのときあなたのうしろで罵声がおこり、息を切らした老婆が和服の裾と柔かい砂に足をとられながらかけつけてくる、さっきから掘立小屋のわきにかがみこんでいた老婆だ、彼女は夏のあいだの簡易便所――あなたは破れた戸に書かれた《殿方用》という文字をおもいだした――の裏で用を足していたわけだ。彼女はひどく憤慨している、芝居のようにゆっくりと右手を振りおろして犬を威嚇すると、非難の眼であなたをにらみつける、まるで憎むべき加害者は犬ではなくあなたであり、犬を打ちすえる真似を通じてじつはあなたを打擲《ちょうちゃく》しているのだとでもいうふうに。そしてあてつけがましい機嫌とりのことば、ことさらに幼児語を用いての大げさな慰めと犬への悪罵を連発しては、家畜の性器よりも醜悪にみえる孫の顔を前掛で拭いている。あなたは肩をすくめる。

ああ、あんな子どもなんかたくさんだ、だから……あなたは子どもを生んで育てる結婚というものに近づく気にはなれない……すくなくとも、あの男の子、眉毛のほとんどない、眼の間隔のややひらきすぎた幼児、典型的な貧民の顔をした赤ん坊よりは、あの犬のほうがはるかに高貴にみえるだろう、電車や場末の映画館のなかで火がついたように泣きだすのはきまってあんな赤ん坊だ、あなたなら、そういう場所にはけっして赤ん坊を運びこみはしないだろうに……いや、そんなことよりも生みはしないだろうに。それが肝腎《かんじん》のことだ……あなたは一直線に、大股で砂のうえを歩いていく。

ここからみると、いま悠里子《ゆりこ》の家のあの部屋には黄土色のカーテンがかかっている。あのときはちがう色のカーテンだった、どんな色だったか、あなたはいまそれをおもいだすことができない……灰色がかった薔薇色？　いや、苔色でエジプト風の模様のあるカーテンだったかもしれない、あのときは……

あのとき、かれのグループが集るコンパは悠里子の家の二階でおこなわれた。おもてむきはかれの主宰していた図書部の会合ということだった、あなたは新入部員として出席した、そこで四月の例会はあなたを歓迎するコンパでもあったわけだ、しかしだれも会合の名目にこだわってはいなかった、あなたをのぞけば。しかもあなたはまた、コンパが悠里子の家でおこなわれるということにこだわっていたただ一人だったかもしれない。

そして、あなたの出席がいちばん早かった、あなただけが定刻に着いたという理由で。あなたはおぼえている、あなたを迎えた悠里子の母の顔、ちょうど江ノ島の弁天像をおもわせる顔、浮世絵風の厚化粧、あなたはそこに老化した悠里子をみた……彼女は快くふとっており、笑うと——そして多少尊大にではあったが、彼女はじつによく笑った——その肉の微細な襞《ひだ》のあいだで白粉《おしろい》がきらめいた。それだけでもあなたは圧迫される感じだった……あなたはうやうやしく挨拶を返し、二階に通された。ホームバアがあった、のちにあなたは知ったが、洋酒のコレクションはヘネシイやゴードンなどの輸入洋酒ばかりだった、そしてオランダ製の絨毯《じゅうたん》、重々しい椅子……南には厚いガラスの壁があった、そこから海がみえていた。いまあなたが立っている砂浜もそこからみえていたはずだ……

おもしろ半分につくられたカクテルだったにちがいない、みんなは《ピンク・レディ》だといっていたけれども……その桃色の液体のはいったカクテル・グラスを、かれはあなたの口におしつけようとしていた。あなたの唇はグラスの縁に抵抗し、笑いだしながらそれを飲んだ……そのとき、燈が消えた、あなたは立ちあがり、よろめいて、くらやみのなかでかれの肩に手をかけた、かなり酔っていたのだ、あなたの耳はもうまわりの仲間たちの声や物音をきいていなかった、あなたの眼には、停電の室内で動いている人かげが、暗い海中の庭園を遊泳する魚たちのように映っていた、すべてがゆらめいて……からだの両側に垂らしたあなたの手がかれの手に握られていることに気づいた、あなたの踵《かかと》が宙に浮いたときあなたの胸がかれの胸に触れてあやうく均衡が保たれた、しかしこの不安定で緊張した姿勢では二つの唇をおしつけあうことによってしか均衡は保てなかった……あなたの唇はかれの唇に触れた、堅い石を打ちあわせたような歯の音をたてて……燈がついた、あなたがたは狼狽のあまりゆっくりと唇をはなした、しかしまだからだの両側で手を握りあったまま……

その夜遅く――十一時をすぎていた――かれはスクーターであなたを稲村ケ崎まで送ってくれた、道路が黒い岬を割って曲るところで、あなたはかれの腕のなかにはいりこみ、二度目の、やりなおしの、湿ったキスをうけとった……あなたはかれの舌をかんじた、まるでかれの温い内臓にさわったかのように……あなたは硬くなり、それから柔かく溶けていった、かれの腕のなかにとじこめられて……

かれを中心とするあの秘密結社の特質は高級なシニスムにあったとあなたはおもう。その加入資格とは、高校生特有の汗臭い体臭、ざらざらした声、過剰で卑猥な身ぶり、高校生や知的でない青年の連発する「よう、よう」という動物的な助詞とは無縁であること……そしてなにごとも信じてはならなかったし、なによりも洗練された自己演出の技術を身につけていることが必要だった、ただしあなたはそれらをもちすぎていたくらいだったが……要するにそのグループは他の世界全体を軽蔑しながらその貴族主義的な運行をつづけている完全な太陽系、あきらかにかれという太陽をもつ自律的な体系だった。が、あなたはそこからより多く知的犯罪者の結束めいた共犯関係を感知したものだ、そしてそれこそあなたの遊戯、生活のない生活にとって屈強の舞台となるものだった……

あなたがたがかれらのまえでみせてしまった接吻についてもかれらは沈黙を守っていた、この秘密結社のなかでも、外にたいしても……

今日は週のまんなかの日だ、ほんとうならあなたは午後から大学院の仏文科と哲学科の学生たちで私的につづけている《L'être et le néant》の読書会に出席していなければならない……あなたは後悔の苦い味を舌の奥にかんじている。前週の今日、あなたはかれの出席を期待してその会にでた、だがかれはついに姿をあらわさなかった……あなたはその日のレポーターであったかれにかわって——学生たちはかれの婚約者であるあなたが当然代理をつとめるべきだという論理をうれしそうにもちだすのだった——序論のⅥを報告しなければならなかった、かれは風邪気味ででられないのだという偽りの弁解をつけくわえながら……今日も出席してみるべきではなかったか？　かれが姿をあらわす可能性もゼロではないのだから……そうだ、ゼロではない、しかしきわめてゼロに近いこともまた確実なのだ……

ゆるい傾斜の屋根をもち黄土色のカーテンで海に面した窓にすっかり眼隠しをした家、あれが悠里子の家だ。七年まえにあなたが熱っぽい眼で眺めたのはあの窓だ、嫉妬というよりは殺意に近い興奮で喉をつまらせて……あなたは悠里子とかれとがおない年のいとこ同士であることを容認しまいとした、しかしなによりもあなたの嫉妬を自認しまいとしていたのだ……かれはなぜ悠里子がかれのいとこであることをしばらくのあいだ隠していたのか？　それは契約違反であり、あなたを裏切ることだ、許しがたい背信だ……そこであなたはかれに辛辣《しんらつ》ないやがらせをしてやろうと決心した。

こうしてその夏の終り近くまで、あなたがたは欺《だま》しあい、傷つけあう遊戯に熱中していた、つまりあなたはそんな形態をとって、あなたの嫉妬、生まれてはじめて経験したこの珍しい感情とたわむれていたのだ……

去年の三月、あなたがたは紀伊半島を一周した。白浜の宿に着いたとき、あなたがたは新婚さんのふりをしておもしろがっていた。部屋のバルコンに椅子をだして夜の海をみながら、あなたは芝居がかった調子でいった。

「ミチヲさん、ひとつだけおききしたいことがあるの」

「ぼくもあなたにききたいことがあるんです」

「あたしのまえにほかの女のひとをあいしたことがおあり？」

「ぼくもそれとおなじことをききたかった。あなたはヴァージンですか？　……ああ恥しい！」

「だめだめ、恥しがってちゃ……ミチヲさん、あなたから答えてちょうだい」

「よせよ」

「答えられないんですの？　それじゃ、あなたというかたは……」

「よさないとくすぐるよ」

「……やっぱりあなたというかたは」とあなたは笑いだしながらいった。「あのひとをあいしていたのね」

「だれのことでしょう？」

「悠里姫」

「ああつまらない。ぼくはあいつとねたいとおもったこともないね」

「というところがあなた自身も気がつかなかった罠なのよ」

その夜あなたは悠里子のことをもう一度もちだした、かれをいじめて愉《たの》しむために。

「さあ、誓いなさい、告白してごらんなさい、怒らないから」

「では告白しよう……夏休みまえの試験のとき、彼女に数学を教えにいって遅くなったので泊ったことがあった……」

「十一時半ごろだった」とかれはいった、あなたに横顔をむけ、海にむかって話しかけるように。「試験の勉強が一応終ったので、バルコンにでた。眼と頭が疲れていた、夜の風をあてようとおもったのだ。海がみえた。銀の盃《さかずき》みたいにくぼんで光っていた。手がどきそうなところに窓があって、燈がついていた。悠里ちゃん、まだ勉強してるんだなとおもった。昼間、ぼくは彼女が秋に学校をやめて結婚するという話をきかされていたので、それをおもいだすと、まだなにかいうべきことが残っているような気がしたんだ……バルコンから身をのりだして窓を押したら簡単にあいた」

「そして侵入したのね、痴漢！」

「……部屋のなかに立ったとき、膝の力がぬけちゃった。どうしてそんなことがはじまったのかわからない……彼女は眠っていた。どういうわけか、ぼくはとっさに彼女が死んでいるとおもいこんだ、部屋のなかがいやに明るかったせいかもしれない……彼女はベッドのうえでこんなふうに対角線をなして眠っていた、薄いネグリジェ一枚で……近づくと、すべてがみえるほどだった。ぼくは帰ろうとした、ほんとはなにもいうことなんかなかったのだ。そのとき彼女がぼくの名を呼んだ、どうしてここへきたの、といった。窓を指さして、あそこからきた、といってまたそこから逃げだそうとしたけれど、窓のむこうにまっ黒な海があるのをみると、怖くなって、温い腕のなかがいいとおもった……彼女はそのとき両腕をひろげていた……白い鳥みたいに……そうだ、ちょうど大きな鳩の胸に抱かれたようなかんじだった……」

「もっと、話して」とあなたはいった、かれの手の甲に唇をあて、指で、かれの指を一本ずつ伸しながら。

「ぼくはきみを裏切ったわけさ」

「あたしを？　なぜ？　あたしは裏切られないわ」

「彼女を aimer しちゃった」

「サルトル流にいうと、あなたが彼女に aimer されたのね。ギャルソンには必要なことよ。それで、いかが？」

「愛とはたやすいことだ、ぼくは彼女を傷つけようと焦っていた、兇暴《きようぼう》で、やさしさがいっぱいで……」

「ラディゲかコレットがそんなことといってなかった？」

「ばれたか！」とかれはいった。


あなたは胸のなかの兇暴な怪物を抑えるためにかえって寛大で平静だった、不自然なほどコケティッシュでもあった。そしてあなたがたがあいしあったあとのシーツの皺《しわ》のなかで、たえず相手の肉のうえに手をすべらせながら、かれと悠里子とがどんなふうにあいしあったかについてこまごまと問い、答えた、まるでベッドのなかでいっしょに艶《えん》笑本《しようほん》でも読んでいるような調子で……かれの声もあなたの声も、低くてかすれていた。「水、飲ませて」とあなたはいった、そのとき、唐突にあなたの眼に涙があふれたので、あなたはせんざんこうのようにからだを丸めた……しかしゆるやかな愛撫があなたを無抵抗にした、あなたの背はせんざんこうのあの鋭い鱗《うろこ》をもたず、なめらかな果肉のようにかれの手を誘うだけだった。かれはあなたをひき伸そうとしていた、もう一度あなたをあいするために……

「どうしたの？」

「いや、もうあなたをあいさない」

「きみの外にいると、寒いんだ」

「だめ。ああ……野蛮人……かわいい野蛮人……きっととげが生えてるのね、あなたは……痛いわ」

かれはあなたと顔を重ねあなたの涙を飲んだ。

「なぜ泣くの？」

「ひどいからよ、ミチヲって……じっとしていてちょうだい……つらいわ……ミチヲは悠里子さんを aimer すべきじゃなかったわ。ミチヲをひき裂いてそのときの記憶を殺してやる……」

「きみの涙はとてもきれいで、おいしいよ」

あなたは涙のなかで笑い、舌をだし、嫉妬の爆発に酔っていた、あなたが嫉妬そのものであることによって嫉妬を無力にしようというあなたの企《たくら》みは成功したようだった……かれはあなたのなかでじっとしていた。

「いつまでいるつもり？」

「いつまででも……ぼくはもうでていかない」

ベッドのなかでこちらに背をむけている女の、長い白蛇のような脊椎《せきつい》、アングルの裸女に似た胴のねじれ……それが悠里子なのだ、かれがあいした、あるいはあいさなかったかもしれないふしぎな物体なのだ……だがあなたは想像のスクリーンからすばやくその裸身をかき消す……

いま悠里子が住んでいるのはそこにみえている家ではない、結婚してからの彼女はその夫の家族たちとともに山ノ内のほうにいるはずだ——かれがそういっていた、かれは二、三回そこへ遊びにいったことがあるのだった——しかしあなたは詳しい場所も電話番号も知らない……あなたはこの材木座海岸の悠里子の実家に立ち寄ってそれをきこうと考えていたのだ、ただ漫然と、麻痺した想像力で……だがそんなことがじっさいにできるだろうか？　あなたは腹立たしげに息を吐きだす、むろんばかばかしいことだ、第一あなたには悠里子の実家をたずねてあの江ノ島弁天、あの悠里子の母と顔をあわせる勇気などありはしない……かりにその勇気をかきたてたとして、あなたはなんのために結婚した悠里子をたずねたいというのか？　あなたには説明できない……ああ、行方不明になってしまったかれについての手がかりをもとめて悠里子に会うとは……あなたはこのまぎれもない屈辱の、ゴムに似た歯ざわりをたしかめるために力をこめて上下の歯列を嚙みあわせてみる……だが、あなたが悠里子のところにいけば有力な手がかりが得られるかもしれないと期待する根拠、それを考えてみることは重要なことだ、すくなくともあなたの直観はかれと悠里子とを結びつけていた、だからあなたは鎌倉までやってきたのかもしれない……

K高校を卒業してからあなたがはじめて悠里子に会ったのは、去年の夏のことだった、それもとつぜん、吉祥寺のあなたのアパートまでたずねてきたのだ……昼まえ、あなたがユートップ・ストアへ買物にいこうとして三階からおりてきたとき、青いセドリックがとまっており、サングラスをかけた外人風の若い女がその車にもたれて向日葵のようにあなたに首をめぐらすのだった、口もとに美しい微笑を浮べながら。あなたが買物をすませて帰ってくると、その女はまだ自動車にもたれていた、まるであなたを待っているとでもいうふうに——そして事実、彼女はあなたの名を呼んだのだ、あなたは強い衝撃をかんじた、それは悠里子だった。

「お久しぶり」と悠里子はサングラスをはずしながらいった。ふしぎな顔があらわれた。脱色した麦藁《むぎわら》のような髪、桃色に化粧された顔の優雅なあらあらしさ、たえずにこにこ笑っているがどこをみているのかわからない眼……すっかり変っていた、驚くべき変貌《へんぼう》だった、あなたは狼狽してながら数年まえの悠里子、かれにとっても同級生だった悠里子の痕跡を探した、あの仏画の吉祥天女とラファエロのマドンナとに共通の、ふしぎな情念の造形物だった顔、王朝時代の美女にみたてられて与えられていたあの称号、《悠里姫》というニック・ネーム……だがあなたのまえに立っていたのは花模様のワンピースを風にふくらませ、大胆に胸や背を露出している若い女だった、それが結婚による不可解な変態のあとの悠里子だった……

この遠来の客を案内してかれとあなたは吉祥寺駅の南口の《ボア》へいった。あなたは悠里子と並び、かれは反対側に坐った。ウエイトレスが十数種のケーキをもってきた、あなたは悠里子にエクレアをすすめ、あとはめいめいで好きなのを選んだ。悠里子はかれをみてにこにこ笑っていた、そしてほとんどしゃべらない、それが彼女の癖だ、あいかわらずの微笑だった……微笑による、ことばをもたない通信……あなたにはわからなかった、それは解読不可能な通信だった……しかしかれは解読することができただろうか？　かれはいつになくぎごちなかった、テーブルのうえでマッチを——それはT画伯のスティルによる女の首と森《ボア》のデザインされたマッチだった——いじりながら、あなたにむかって共犯者風の笑いを送ってきたが、あなたは知らん顔で悠里子に話しかけていた……


「このひと、ちっとも変らないのね」と悠里子はいった。

「うん、そうなの。髭《ひげ》でも生やしてみたらって、よくいうのよ」

「ああ、お望みならいつでも生やしてあげますよ、ソニイ・ロリンズみたいなやつをね」

「formidable !」とあなたは叫んだ。かれは不機嫌だった、すこしがぶがぶ水を飲みすぎるのもそのためにちがいない……あなたに観察されながら悠里子とむかいあっていることにすっかりいらだっているらしかった。

「どうだい、ベビイは？」とかれはぞんざいにたずねた。

「大きくなってるわ、もうこれくらい」悠里子は両手をひろげてみせた、逃がした魚の大きさでも知らせるように。「もちろん、どんどん歩いてる」

「一度みせていただきたいわ、ミチヲに似たところがあるかもしれないわ」あなたはそういってから、かれにむかって舌をだしてみせた、悠里子はコカコーラを一気に飲みほすと、「ああ、似てる似てる！」といった。「第一、ミチヲちゃんとあたしは眼が似てるんだから」

「似てないよ」とかれがだるい声で反対した。

「似てるわよ」とあなたは断定した。「いとこ同士ですもの」

「ああおいしかった」と悠里子はいい、あなたがたの顔を交互に眺めた……

……あなたとかれとのあいだに、愛の確実な存在を指示するどんな証拠物件があるだろう？　ああ、なにひとつありはしない、客観的な証拠として申請することができるようなものはなにひとつ残されてはいないのだ。大勢の目撃者が登場して、あなたがたが親密な関係にあること、公然たる——というのはことばの矛盾に近いが——アマンとアマントの一対であることを証言するだろう、そして状況をもっとも有利にみせるのは、あなたがたが数年来婚約関係にあるという社会的な事実だろう。だがいまでは、この公認された契約関係もあなたがたが世間を詐欺にかけるための擬制にすぎなくなっているのだ、なぜならあなたがたは、婚約という関係にくるまって犯罪者風の微笑をうかべているけっして結婚しないことを誓いあった共犯者であるから。あなたもかれも、結婚して子どもを生み家庭をつくる意志をもたないことにかんしては、完全な一致に達していた、それはあなたがたの最初の出会い以来、くりかえし確認してきた思想だった、だからあなたがたは、二つの家が動きはじめ、結納《ゆいのう》をとりかわしたりすることを——それをあなたがたは荘重な喜劇だと呼んでいた——寛大に眺めていたのだ……そんなあなたがたのあいだに、愛の確実な証拠物件など最初からありはしなかったのだ、あなたがたがおたがいの愛を信じるふりをしてきただけなのだ……

しかしいまはすべてを疑うべきときだ……かれの率直で無邪気な目つきのひとつひとつ、快いシニスムでかすかにゆがめられたかれの唇、そのなめらかな薔薇色の光沢、それらをあなたは疑ってみなければならない……それらがことごとくあなたにとってのみかけであり、あらわれであるにすぎないことをだれよりも明晰に認めたがっていたのはあなただったはずだ、そしてそのあらわれだけが存在するという信念にあなたは忠実だった……あるのは仮面だけで仮面の下にはなにもない、とあなたはよくいっていた、まるでひとつの諦念《ていねん》をうれしげに口にだしてみるとでもいうふうに……そこには一種の傲慢さがなかったか？　ほんとにあなたはあの完璧な恋人、完全な理解者としてのかれのみかけ以外になにもないと信じていたのか？　ほんとは、あなたの意識の触知しえない、カントの《物自体》のような怪物におびえていたのではなかったか？　かれがその皮膚の下に――あなたがそれをなんと名づけるにしろ――けっしてみることのできない暗黒の存在をかかえているという考えを、あなたは注意ぶかく回避してきたのだ……もしもあなたにむけられた微笑の裏側をみることができたとすれば、あなたはなにかをみただろう、またたとえば街を歩いているかれの皮膚の裏に身をひそめていたとしたら、自分の内面へとふりむいたかれの顔が、陰惨な悪魔の顔であることをあなたはみただろう……けれどもひとはそんな顔をけっしてみせあうことなしに、あいしあい、食事をともにしながら生きていくのだ、あなたもまたそんなみかけの領域に固執してきたひとりだった……

　要するに、かれはあなたの考えていたような、優しい明晰な存在ではなかったかもしれない、もっとどろどろした、原形質の悪霊だったかもしれない……それは怖《おそろ》しい、かれがとつぜんあなたのまえから姿を隠してしまったいま、それはいっそう怖しい……どうしてかれにそんなことができたのか？　どうしてあなたとの共犯関係を一方的に破棄することができたのか？　……かりにかれが生きることをやめる気になったとしても……それは裏切りだ、背信行為だ、どんな嫉妬もこれほどあなたに致命的な傷を与えはしなかっただろう、この不可解なかれの契約破棄ほどには……

つまりあなたは捨てられたのだ、あなたはこの《捨てられた》ということばのなかにもぐりこむとよい、そうすれば屈辱のほてりで皮膚をあたためることもできるだろう、あなたにはそれがかえって快いほどだ……あなたは微笑する、《裏切られた女》という通俗的な役柄をひきうけたふりをしているあなたの狡猾《こうかつ》な微笑……するとあなたの不安はうまくこの変装の外におしやられてしまったような気がする。あなたは眼をあける、海からのつよい風があなたの眼に吹きつけ、眼の裏側までひりひりさせる。

数日まえ——前週の火曜日のことだった、あなたは大学まえの電車通りにある《シャトー》でかれを待っていた。一時から Raymond 講師の特殊講義に二人そろってでるために、月曜日の夜別れるときにあなたがたはそこで会う約束をしておいたのだ。すでに十一時をすぎていた。約束の時刻は十時だった、かれのほうで一時間も遅れるようなことはほとんどなかったし、その店でいつも火曜日に会うとき、かれだけは十時まえにきて待っていることが多かったのだ、正午まではサーヴィス・タイムでコーヒーが五十円だったたし、十時まえだとそれにケーキかトーストがつく、かれはそのケーキが案外においしいのに感心していたのだから。しかも《シャトー》では午前中はモダン・ジャズをかけていたのだから、かれがこの店でのランデヴーを利用してそれをきくためにも、あなたより遅れてくるということは不自然だった……あなたはしかし軽い不安を両手で愛撫しながら待っていた、まるで柔かい猫の背を撫でるようにして、あなたはかれの不在をブランデーのように長い時間をかけて味わっていた……一種の解放の感情があった、だからあなたはおちついており、寛大だった……ソニイ・スティットのアルトがきこえていた、あなたは椅子にもたれて快く溶けはじめていた。やがてかれはあらわれるだろう、それはまったく確実なことだ、足音もたてずにあなたのうしろに近づき鳩の翼のなにげない接触のようにあなたの髪にちょっとさわってあなたに自分の出現を教えるだろう、そして自然な弁解、あなたの了解の微笑……それとも病気なのかしら、とあなたはおもった。風邪をひいてすこし熱っぽいかれの眼、大きなマスク、握りしめると病んで重たくかんじられるかれの手……階段をのぼってくる足音にあなたはふりむいた。かれではなかった。ぴったりしたスーツを着たウエイトレスがあなたに近づいてきたのだ、赤らんだ長い指がカップやシュガー・ポットをあなたのまえからとりさった。あなたは親しげな微笑とともにいった、「リクエストして、いい？」「どうぞ」とウエイトレスは答えた、そこであなたは彼女といっしょにカウンターまでおりていった。いつもならあなたがリクエストするとウエイトレスはあまりいい顔をしないのだ、だからリクエストはかれまかせだった、かれならここの少女たちから職業的でないはにかみの微笑をひきだすことができたから……ウエイトレスは上機嫌でレコードのリストをあなたにわたした。「五十一番を」とあなたはいった、「オーネット・コールマンですね」とカウンターの娘が口を尖《とが》らした。

「ございませんわ。うちのマスターが嫌いで、みんなもって帰っちゃったんです」

「チャーリー・ミンガスではいけません?」とウエイトレスがとりなすようにいった。

「じゃ、《Blues & Roots》のA面、お願いするわ」

どうしてミンガスがオーネット・コールマンの代用になるというのか? ……ミンガスは怒っているにちがいない、猛烈なわめき声……そしてジャッキイ・マクリーンが切り裂くような音であなたをひっ掻く……あなたの表面にうすく血のような不安がにじみでてきた、もう十一時半なのに、かれはこない、きっと病気だ、それとも事故? ……あなたの耳のなかで救急車のサイレンが鳴りだす……あと半時間あなたは待った。十二時に電話をかけた、かれはアパートにいなかった……

そしてあなたは《捨てられた》のだ、あなたとかれとのあいだにあった関係の紐がとつぜん断ち切られてしまった……鋭利な刃物で切断された紐の切口を掌に握ったまま、あなたは出口のわからない迷路のまんなかにとり残されてしまった……

オレンジ色の厚いガラスの扉を押して外にでると、あなたは雨のなかで頸を反らせ、雨を飲みながら空をみた。Raymond にはでないことにしよう、とあなたはきめた……高貴な首と淡色の柔かな捲毛《まきげ》をもち、いくぶん猫背で倦怠の魅力を充分身につけているあの仏人講師があなたは好きだったが、そのことでかれに冷やかされる愉《たの》しみなしに一人で講義にでるのは気がすすまなかったのだ……あなたは若い白人の金色の毛に包まれた腕で embrasser されその胸や腕のつけ根のつよい芳香を嗅ぎたいという希望についてかれと語りあったことがあるし、かれは、そのたびにあなたをからかい、怒り、哀訴してみせた、しかしかれはかれでそんなふうにして疑似の嫉妬をかきたてることを愉しんでいたのだ、もちろん、かれもあなたもけっして本気で嫉妬したりはしないという黙契に忠実だった……「ミチヲは外人の女の子とねてみたくはないの？　あたしは一度あの Raymond とねてみたい」とあなたはいった、かれはまじめな顔でうなずいていた……

自由に他の男や女をあいすること、ただし完全な了解のうえで、嫉妬なしに……この条件を守ることはあなたがたにとってなによりも必要なことだった、それなしには、あなたがたが合理的であると信じてつづけてきたあなたがたの奇妙な関係、ラクロのあの《危険な関係》、世間のことばでいえば、おそらく醜悪で人間ばなれのしたこの関係は、みすぼらしく崩壊してしまっただろう。

風が強くなったようだ、あなたはもう舟にもたれて考えに耽《ふけ》るのをやめ、鉛のような海をみすてて予定の場所をたずねたほうがよい、明日の朝あなたは京都にむかって出発するのだから、それまでの時間を有効に使うべきだ……

その火曜日の午後、あなたは《シャトー》をでてから地下鉄で新宿にでて《木馬》へいった……すでにあなたは清潔で育ちのいい少年を釣りあげることに熟達していた、仲間をもたないか、仲間たちからはなれることを好む少年、それがあなたの魚だ。その日みつけた魚は純白のセーターを着た高校生だった、あなたが微笑すると、少年は長いオリーヴ色の指を組みあわせたままいっそう憂鬱そうにスピーカーを眺めていた、それから黙ってあなたの横にきて坐った……少年はそのまだ口をきいたこともない恋人のことでひどく気をおとしているのだった、そしてあなたにむかって、こんな手紙を書いたがだしたほうがいいとおもうかとたずねた。「ださないほうがいいわね」とあなたはいってやった、まるで検事の論告のような調子で自分の愛を証明しようとした手紙だった。「こんな手紙をだすものじゃないのよ、ほんとに愛していたら。まずキスするの、できる?」……あなたはそれを教えてやることにした、そしてこの少年を愉しくしてやること、それがあなたの義務なのだから……少年はもう手紙のことも忘れてあなたについてきた。

あなたはいつものように横たわって天井を眺めていた、すると少年の腕があなたの肩を横切り、乳房のあいだをすべりおりて、その五本の指はいそぎんちゃくの触手のようにゆらめきながら小さい丘にはいあがっていった。指はあなたの陥没した谷の中心を探りあて、貪婪《どんらん》な歯のように食べあらした……あなたはよじれて波うつ一本の円筒、あらゆる口をひらき黒い粘液質の存在を流れるにまかせている管楽器だった、世界からさしのべられた他人の手が弾くままに次第に熱をおびて震動しはじめるあなた、あなたは腔《こう》腸《ちょう》動物よりも大胆な形をしていた、あなたが他人たちにむかっていつも放射する意識のコロナも穴のなかに吸いこまれてしまったのだから。あなたは孤独な肉の塊を他人の手に残して、冥界《めいかい》の底ふかく沈みこんでいった……

ふたたび死の王国からゆっくりと現実の世界、乱れたベッドのうえに浮びあがってきたとき、あなたがみいだすのは名も知らずに購《あがな》った動物だった、まるで、金色の眼をした獣が、その前脚をあなたの乳房にかけてのぞきこんでいるかのようだった……ベッドのうえに起きあがってあなたは愛撫で乱された髪をあなたの手で撫で浄《きよ》め、手ぎわよくからだを包装した、すでに忘れはじめ、みるみる稀薄になっていく相手の少年をふしぎそうに眺めながら。

「あんたの名前、教えてくれよ」

「おしゃべりはだめって、約束したでしょ」

「……でも、好きなんだよ、ぼく。これっきりって、いやだ」

「欲ばりね。あなたの恋人のことをおもいださないの？　あなたはもう上手にあいしてあげられるのよ……」

それで終りだった、いつもそれで終りだ……あなたはつねに慎重で機敏だった、いまは無用な虫様突起《ちゆうようとつき》にすぎなくなった子どもっぽい情人をあなたは手ばやく切除し、街の迷路に棄てる、そしてもとどおりに光沢を恢復《かいふく》した傷口にかすかに風がしみるのをかんじながら、あなたはあなたの愛、あなたのかれにかえっていくのだった……だがその日は、あの火曜日は、いつものやりかたに忠実ではなかった、あなたは《中村屋》でその少年と食事をした、それから新宿駅の雑踏のなかでやっとまく気になったのだ……あなたの予感どおり、吉祥寺のアパートへもかれはきていなかった……

これは最近のことだった、かれがこんなことをいったのは……

「もしもぼくが死ねと宣告されるか、自分で死ぬときめたとき……そのときは、なにをすることも許されるときだ。そこでなにをするか？　……期待しておいで、悔いあらためた敬虔な死にかたなんかしやしないから。世界はぼくが人間にたいしてどんなにふかい怨恨と憎悪をもちつづけてきたか、それを知る必要がある、だからぼくは、まともな人間たちの生皮に爪をたてて、力のかぎりそれを引き剝ぎながら死んでいきたい」

「あたしもそうおもう」とあなたはいったが、そのときあなたは乾いた山姥《やまうば》の手で頰をひっぱられるような微笑をかんじていた、うす気味のわるい微笑を。

いつかあなたはかれと頭を並べながらその耳のマイクにむかってこんなことをいった……

「あたしはときどき水のない海の夢をみるのよ。海！　でも水がないの、寄せる波のない、ひいてゆく波ばかりの海なの……そして水の去っていったあとに、白い墓石が残っている、涙の結晶かもしれない、喰いあらされた魚の骨かもしれない……それが、ナイフのように砂に刺さったまま、たまらないほど鋭い泣き声をたてて沖のほうへと曳かれてゆくの……ああ、ごめんなさい、まるで少女趣味の詩みたいね」……そうだ、それはあなたがたが稲村ケ崎のあなたの家の二階で籐椅子《とういす》を並べて午後の海から吹いてくる軟《やわらか》い風のなかでからだを伸しているときだった、去年の夏だったかもしれない、いや、もう何年もまえのことだったかもしれない……

海から顔をそむけ、あなたは歩きだす、両手をコートのポケットにつっこんで。

竹の塀や苔色に色の変った古い板塀のあいだの、狭い砂の小路をあなたは歩いていく、それと似た小路を通ってかれと二人でよく海へおりていった記憶をたどりながら。やがて海の音が遠ざかる、あなたは舗装されたバス通りにでる。逗子のほうからきたバスが鎌倉駅前にむかって走り去ったところだ。

それは日曜日で、父のオペルがあいていたので、あなたは無断で運転していった。病気のあとでみる由比ケ浜は異様に明るかった、もう夏が近かったから。材木座のかれの家を訪ねるのはそれがはじめてだった。滑川にかかる海岸橋を渡ると、あなたはそのまましばらく加減に車を走らせ、光明寺までいってから、バス通りをまたひっかえした。廃寺かとおもわれる小さな寺がいくつもあった……車を止めて人にたずねると、かれの家は実相寺の近くにあることがわかった、石と竹、椿《つばき》の籬《まがき》で囲まれた広い家だった。籬の竹は近所の家のそれにくらべて新しい色をしていた、たぶん前の年にとりかえられたのだろうとあなたはおもった……

かれは家にはいなかった。あなたは応接間に通された。本格的なハイ・ファイ装置とレコードのコレクションが目についた。かれの父がでてきた——そのときかれの母は不在だったようにおもう——長身で、美しいクリーム色の指をもち、バラモンの賢者を連想させた……ときどき地方新聞に音楽評論を寄稿したりする文化人の一人、これがかれの父だった、あなたが漠然とおもいえがいていた《本屋のおやじ》とはずいぶんちがっていたが、おそらくかれをそのまま老化させたのがこの父親なのだ……かれは家にいなかった、食事どきに帰ってくる以外は若宮大路の店の三階にいるということだった、屋根裏部屋をかれだけの天守閣として……

この材木座のかれの家も、いまではあのころの形をほとんどとどめていない、椿やくちなし、松や槇《まき》のみえる庭をのぞいては……あのころの籬にかわっていまではコンクリート・ブロックの塀が家を囲んでいる、そしてその家も、数年前の古びた木造の二階はとりこわされて鉄筋コンクリートの白い建物、神明造《しんめいづく》りの様式をとりいれた明るい建物に変っている……

あなたは決心する、もうかれの家をたずねるのはやめよう……この唐突な訪問の理由をあなたはうちあけるわけにいかない、あなたはなにも知られることなしになにかを嗅ぎださなければならないのだ……それに、かれの母に会うと、かれとの結婚のことで愚痴っぽい話をきかされるだろう、彼女に悪気があるわけではないにしても……早く孫の顔がみたいなどというだろう……あなたはバス通りへとひっかえす、するとあなたの決心に同感したかのようにすぐバスがくる。

ふたたび鎌倉駅前。これからの予定はあなたの家に帰ってみること、そのためには江ノ島・藤沢方面行きのバスもあるし電車もある……駅の時計をみると一時四十分、あなたの時計では……それは止っている、よく止る時計だ、しかし腹をたてることはない、巻くのを忘れていただけだ。いまあなたは多少空腹をかんじている、なにしろあなたが今朝から口にしたものといえば、トースト二枚、リンゴと牛乳と卵のジュース、それにあなたの好物の《ウー・オー・バコン》だけ、それもすでに胃を去って久しいころだ……あなたは駅前の《扉》でスパゲティのようなものでも食べることにする、変った名前の店だが、その名のようにここの扉ははじめての客を驚かす、があなたにはだめだ、あなたはすでにからくりを知っている。《扉》の入口に近づくと扉はひとりでにひらく、あなたは二階へのぼっていく……買物帰りらしい和装の中年婦人たちと二組の若い娘……あなたはミート・スパゲティを註文し、それからおもいだしたようにミルクを追加する。この店には去年から何回かかれといっしょにきたことがある……今年の正月に鎌倉に帰ったときでもここで休んだことがある、そのときは一階だったけれども……

《扉》をでたとき、あなたのまえでタクシイから老人がおりたところだ、ひらいたままのドア……あなたはすばやく乗りこむ、それほどはっきりと乗る意志があったわけではなかったけれども……車はゆっくりと走りだす、ふたたび若宮大路にでてガードをくぐると右に曲る、由比ケ浜通りだ、「ああ、そこです、その歯医者のまえで」あなたはスピードをだしかけた運転手をあわてて制止する……一分もかからなかったようだ、こんなことなら駅から歩いてもよかったのだ……あなたはオーバーのポケットから百円硬貨や十円硬貨をつかみだす。

あの年の秋から冬にかけて、あなたはかれといっしょにこの通りを歩いたものだった、ほとんど毎日のように、読んだ小説の感想を語りあったりしながら……それは愉しい散歩だった……授業が終ると、あなたがたはおなじ電車で鎌倉駅まででた、ときにかれを稲村ケ崎でおろしてあなたの家でおやつをご馳走《ちそう》することもあったが——そんなときはカムフラージュのために悠里子や牧子、正也、啓二など、あなたがたの仲間をいっしょに招くのがつねだった——たいていの日は、稲村ケ崎を素通りして鎌倉駅までていった、参考書をみたり買ったりするという口実で、というのもかれの家が大きな書店だったのだから……しかしあなたの目的はかれの部屋だった、材木座のかれの家にではなく、駅前にある店の三階にあったかれの勉強部屋、あなたにだけ出入りを許していたかれの小さな城、家族に煩《わずら》わされることのない部屋……そこにくるとあなたは解放された、それは一日のうちでもっとも軽々とはばたける時間だった、そしてかれと数えきれない接吻を愉しむこともできたのだ、あなたの胸をかれにさしだすことも……そしてかれの手の跡が消えないうちにあなたは身をひるがえした、下におりるとあなたがたは店の新刊書をのぞき、あなたはかれに送られて由比ケ浜通りを歩いた。五時までに父の診療所にいけば、父のオペルに乗って父といっしょに稲村ケ崎に帰ることができた……それにまにあわなかったとき、あなたがたはゆっくりとこの広い商店街を歩いていった、わだつかで乗ればよかったが、かれはしばしばこの散歩をひきのばしてゆいがはまやはせの駅まであなたを送ってきた……

去年秋増築してから二階が診療室になっている、下は待合室と看護婦、衛生士の泊る部屋。ガラス張りの二階のほうが広くて、高床式のようにみえる、二階を支える柱のあいだにはきれいに磨かれた黒いセドリックがはいっている……患者が十人ほど待っている、受付の少女があなたに笑いかける、新顔の看護婦らしい、彼女は彼女であなたを新患だとおもっている……あなたが名をつげて父に会いたいというと、少女はびっくりしたようにあなたの顔をみる、あなたはあまり父には似ていないのだ、それにほとんど禿げあがってしまってからの父の顔とでは比較にもいささか骨が折れることだろう。少女はインターフォンのスイッチをいれる、「院長先生、お嬢さんがおみえですけど……」すると父の声がインターフォンからきこえてくる、「急になんの用だい？　いや、どうせ臨時資金の調達だろう……」そして笑い声……「図星！」とあなたは答える。「まああがっておいで。ちょうど一服しているところだ」二階にあがり、診療室をのぞくと若い歯科医が二人と衛生士が二人、治療中だ、エア・タービンの、笛のような音がきこえる……あなたは南に面した応接室にはいる、父の休憩室でもあるのだろう……

「いいご身分ね、院長先生だなんて呼ばれて……いま忙しい？」

「今日はまあこれで普通だな。おまえのほうはどうだ、忙しいのかね？　ときどき電話でもかけてよこせよ……といってもわたしのほうはつい億劫で、また今度にしようということになるが……」

「そうなの、あたしのほうも。特別用事でもないと、案外かけにくいものね……それに、ご無沙汰しているのは順調にいっている証拠、頻々《ひんぴん》と資金補給の電話がかかってくるなんて、あまりいいものじゃないでしょう？　……じつはねえ、かなりまとまった本を買いたいの」

「いくらいる？」

「二枚？」

「二枚ねえ……おまえ、貯金はどうしてある？」

「あります。でもあれは定期に切換えたの」

「それならいい、貯金にはなるべく手をつけないことだな……よかろう、二万円……しかし今月はおもいがけないボーナスをとられたな。これから稲村ケ崎に帰るのか？　かれもいっしょかい？　……ああ、それは残念だったな……どうだ、今夜はみんなでうまいものを食べにでないか？　なに、今日は急いでる？　残念だな。また今度にしよう。土曜日の晩あたりにはたまに帰っておいで……」

　わだかかで電車を待つあいだ、あなたは出札口で丸くなっている猫を撫でている……白と茶の大きな雌猫で、眼をとじたまま、あなたに従順だ。犬も猫もあなたにはめったに逆らわない、大して優しくするわけではないが、あなたは一種のこつを心得ているのだ……電車がくる、あなたはホームにあがり、二輛目《りょうめ》に乗る。いなむらがさきでおりると、あなたは海岸を走る有料道路にでる。右に音無川、左に極楽寺川の濁った水が、力なく海に吸いこまれているはずだ、あなたは家とは反対の方向、極楽寺川のほうにむかって歩きだす、風はいっそう強くなっていて、あなたの髪の束をばらばらにほぐし、頬を毛ばだたせる……

なんとしてもあなたはあなたの家に帰ってみる気になれない、それはあなたにとってはつねに不当に感情の消耗をしいられる帰省だから。いまも——あなたが石段をのぼって台所の窓から「ただいま」と呼びかける決心がついたとして——あなたを迎えるのは異様にやさしくて冷静な女のかすれ声にきまっている、午後三時という中途半端な時刻に、あの仮死状態の家のなかでただひとりふくろうのようにめざめているのはあなたの母以外にないのだから……あなたの父は六時まで由比ヶ浜通りの診療所で患者の歯をのぞきこんでいるはずだし、あなたの妹はまだ学校から帰っていないだろう……そこであなたを迎えるのはあの痩せた母だ、まるでミイラになった情念のような……彼女があんなに痩せていること、それは彼女の怨恨のためだ、それはなによりもまずものわかりのよいあなたの父にたいする敗北の恨みだが、どんなとるにたりない怨恨も長い年月のうちには人間をすっかり変形してしまうものだ……彼女のあらゆる動作、眉の動き、右端をちょっとひきあげて、やさしいがかすれた声をだす唇、それらのなかにあなたは目だたない非難と自虐の針をみいだす。彼女はあまりにも裏切られることが多かったと信じている、父にたいしても、あなたにたいしても、妹にたいしても……たとえばあなたが良家の子女らしく——それは彼女の固定観念の最大のものだった——各種のお稽古ごとに身をいれるかわりにQ大学にはいり、大学院にまで進学してフランス文学をやっていることは彼女の夢を裏切っていることになる、そしてあなたがかれと婚約して四年以上になるのに結婚しないでいること、これこそ彼女にとっては許しがたい裏切行為なのだ……だがあなたはかれといっしょに生きていくために結婚や家庭を必要としていなかったので、いつまでも彼女を怨恨のなかにひたしておくつもりだった、巧妙なしかたで、反抗の刃で切りつけることなしに。すると母はあなたが彼女の夫以上に理性的であることにますます劣等感を固くするのだった……

だからあなたの母はあなたのとつぜんの帰宅をものしずかで上品な召使の態度で迎えるだろう、なにもたずねずに、なにごとも理解しているのだという皮肉そうな表情で顔を鎧《よろ》って……あのときもそうだった、六年まえ、あなたが熱的な死の観念に招かれて京都から失踪し、北陸をまわり、けっきょく自殺未遂者としてこの鎌倉の家に漂着したときもそうだった……それは風の強い十月のある午後のことだった……

意地のわるい理解者の顔で母はあなたを迎えた、まるで精神病院から脱走してきた娘を迎えるように。

「驚いた?」

「……牧子さんからの連絡があったわ、ひどく心配してくださって……あなた、どうかしたの?」

「申しおくれましたけど、L女子大、やめました、目下予備校通いです。そのことでお父さまとよく話しあっておきたいとおもったの」

「そう。きっと話すことがたくさんあるでしょう」

「お父さま、怒るでしょうね」

「それより、心配していらっしゃったわ」

「ああよかった」とあなたは肩をすくめた。「すごく疲れちゃった。晩にはご馳走してね」

あなたはあなたの母にあてられた牧子の手紙をもらうと、ある憤激をおぼえながら二階のもとのあなたの部屋にあがっていった、それから半時間ほどあなたはバド・パウエルのスタイルをまねてピアノを弾いてみたがうまくいかなかった……牧子の最初の手紙を読んでみた、それによれば、牧子といっしょに下宿していた京都の岡崎の下宿先からあなたがなんの伝言もなしに姿を消してから五日になる、鎌倉に帰っているかどうか電報で知らせてほしいというのだった、そこで帰っていないという家からの電報にたいする牧子からの二通目の手紙を読むとそれなら事態は憂慮すべきだ、自殺のおそれがある、と書いてあった。そのとおりだ、でも牧子はどうしてそこまで推断することができたのだろう、とあなたはおもった……母がレモン・ティーをもってきた。

「牧子さんや下宿のご主人にご心配かけたでしょう、いま帰ったと、あなたから電報うっておくことね……いままでどこにいたのか知らないけど、どうして行先くらいお知らせしておかなかったの？」

「あてのない旅行でしたもの……ときどきそんな旅にでてみたくてしかたなくなるの。これまでは我慢していたけど、今度はおもいきってやっちゃった！　そのかわり、今月分のお金も貯金もゼロになったわ」

あなたの帰省を知らせる電報にたいして京都から折りかえし電報がきた、イツカエルカシラセ」マキコ――あなたは腹をたてた、そして返事をしないまま、一週間近く家にいた、一日の大部分を、憑《つ》かれたようにピアノを叩き七里ケ浜を散歩することですごしながら……

だがあなたはなによりもかれのことを考えまいとしていた、あなたが京都を発《た》つとき駅まえの七条郵便局で走り書きしたかれへの手紙、その年の四月に京都にいってから最初のかれへの手紙、かれにたいするあなたの愛をうちあけるかわりにあなたの苦悶と死を暗示した脅迫的な手紙、ランボオの『地獄の一季節』をおもわせるスティルの……あなたはそれをだしたことをはげしく後悔していた、そのころあなたのおぼえた愛用のことばによれば、その手紙こそオントそのものだった。それをとりかえすためにあなたは東京までいって、駒場の下宿をたずねることを考えた……しかしそれもかれに会うための口実のようにおもわれた、あなたはかれに会ってはならないという自分の禁制を守ることにした、なぜならあなたがQ大学の受験で失敗して京都にいって以来あなたはかれにたいするあなたの愛を絞殺しようとつとめてきたからだった……あなたは恋している少女が空想でつくりあげたものに苦しみ嫉妬するあの病気にかかっていたのかもしれない、どこまでいけば死ぬかをためすために首を吊ってみる人間のように、あなたは耐えられる限度を測るために絶望を創造していたのかもしれない……そしてついにあなたはほんとうの病人になったのだ……

……いったいあのころのあなたはだれを嫉妬していたのか？　それは悠里子ではなかった、すでに彼女は高校三年の秋に退学して十歳年上の重役の息子と結婚していた、だから悠里子とかれとがおない年のいとこ同士であるという気がかりな関係もすでにあなたを悩ませることをやめていたのだ……あなたはしかしかれが恋人をもっているにちがいないと信じていた、それまであなたが占めていた共犯者じみた地位——その役柄のつとまるのは、かれと双生の兄妹よりもよく似ている人間、つまりあなた以外にないのだとあなたは信じていたけれども——が空位になったからには、かれはきっと新しい恋人を選ぶはずだ……その女にあなたは嫉妬した、だがその女についてどんなイマージュも組みたてることができなかった。こうしてあなたは想像上の対象に熱い嫉妬をむけ、あなた自身を苦悩の容器にとじこめることに熱中した、十八歳の少女特有のあの健康な活力のすべてを注いで。

だがあなただけがかれによって選ばれた女だった……ひとは多くの愛人のあいだからたまたま自分が選ばれたという観念に侮辱をかんじる、ところがあなたは選ばれたものの誇りをかんじてきた……しかし、いまとなってはこんな誇りになんの根拠もなかったことをあなたは認めなければならない。あなたはかれがいま他の女を選んでいるかもしれないということよりも、選ばれたあなたを捨てたことに絶望をかんじている……

太陽の魔術でかれの裸身は磨きブロンズのように輝いていた、いつかあなたがたがブリヂストン美術館でみたザッキンの《三美神》そっくりに……陽が沈むまでみんなは波うちぎわで突き倒しあう遊びに夢中だった、あなたもときどきかれにつかまって辛い水を飲まされると、負けずにかれの脚にタックルした、濡れているのでそれはすべった……とうとうあなたは腹をたてて脛《すね》を嚙んでやった、するとかれは悲鳴をあげるかわりに笑いこけて、あなたから逃げだした……

あの五四年の夏にはみんながあなたの家によく集った、悠里子をのぞいて、かれも、牧子も、正也も、剛吉も、佑子も……そしてあなたとかれは、みんなのまえではいつも喧嘩のことばを投げかわしていた……

その日も海は穏かだった、空は濃い群青色《ぐんじょういろ》に晴れて積乱雲の塊が水平線から巨人の群れみたいに聳《そび》えたっていた。みんな砂のうえに寝そべって、おもいおもいの考えをたどっていた、それは翌年の冬に迫っている受験について、だるい会話をとりかわしたあとだった。束の間の解放だったその夏……しかしあなたは熱い砂と太陽のあいだで永遠の夏を夢みていた、あのぎらぎらする妖女《ようじょ》の微笑、その微笑のなかにきらめく白い歯、あなたは不死の妖女である夏に身をゆだね、そのココア色の手に愛撫されていた……

「ところで啓二のやつだけどな」と剛吉がいった、啓二は七月の末に肺浸潤の宣告をうけてあなたがたの集りにも顔をみせなくなっていたのだった、正也が七里ケ浜の段丘にたちならぶサナトリウムを顎でさししめした。「お気の毒だねえ、まあ、あそこでお世話になることとですな、休学して」

「そんなこと、承知するもんか」と佑子がいった。「来年どうしても受けるんだって。かれのことだから、やりかねないわよ」

「自殺はいやだね」と、かれが砂に顔をふせたままいった。

「そうよ、無理してはいけないわ」と牧子がいった。正也はあおむけになると意味ありげにつぶやいた。

「弱り目に祟《たた》り目《め》というやつだったな」

「どういうことそれ？」

「お城さん、あんたも勘が鈍いよ」と正也は城佑子にいった。「あいつはおもっていたんだよ、このひとのことを」そういうと正也はあなたの背中を強く叩いた。

「痛い！　へんないいがかり、つけるのね」

「いいえ、ほんとですよ。だいたいあんたが啓二のやつにやさしくしすぎたのがいけなかったな……あいつは内気なインテリでしてね、あんたが情ぶかい気もちなんかおこさないで毅然《きぜん》としていたら、あいつのことだから最初からセルフ・コントロールしたんですよ、そうでしょう？　あんたもひとがわるいよ、プリンスというリーベがありながら……」

「正也くん、最後の推測は失礼にあたるわよ」とあなたはいった、足の指で砂を掘りかえしながら。

「だめだめ、白っぱくれても」と佑子がいった。「あのコンパのときの劇的なシーン以来、証拠は歴然としてるわ」

「あのときは二人とも酔っぱらっていたからよ、ね」とあなたはかれの首筋に砂をおとしながらいった。かれはおきあがった。佑子が怒ったようにかれを指さしていった。

「きみはなぜプリンセスと仲良くしないのさ。あんたたちの喧嘩のおかげでまわりのあたしたちまでもつれてくるじゃないの……早いとこ、愛しあっちゃうべきね、ここではっきり宣言しなさいよ」

「そうだよ、もう一度実演つきでさ」

「そのまえに、みんなで告白しあってみない、だれがだれを好きなのか」とあなたは提案した。

「正也くん、立会人になってちょうだい」

「いいのかねえ、おれたちのグループでこれ以上もつれてくるとお手上げだぜ」

「いいじゃないの、あなたはだれが好き？」

「立会人からいわせるの？　隗《かい》より始めよか……そうだな、おれはあんただな」

「そう、どうやら嘘らしいわ」

「信用がねえな、悲観しちゃうよ……剛吉はどうだい？」

「驚くなよ。悠里姫だ」

「ほんとかねえ。ここにいないからおもいついたんじゃないの？　牧ちゃんは？」

「あたし、いわない」

「ということはプリンスだということ？」と佑子がいった。

「そういうお城さんは？」

「プリンス」

「これはまた平凡なご趣味ですねえ、フロイドの専門家でいらっしゃるお城さんがプリンスとはねえ」

「だって、衆目の認めるところ、かれはチャーミングじゃないの、ね」と佑子はあなたにむかって片眼をとじてみせた。

あなたは腹ばいになって腕のうえに顎をのせていた……ミチヲ、とふいにあなたはいった、大勢の陪審員をまえにして反対訊問にとりかかる検事の口調で。あたしの問いに答えられる？　――ウィ、なんでもきいてください――キミは近いうちに結婚するそうだけど、おめでとう――メルシイ――もう一度くりかえします。ほんとにおめでとう――ダンケ、でもだれがそんなこといったかな？　――キミ自身じゃないの。相手の名前、あててみましょうか？　――あてるまでもない、悠里姫にきまっている――そうですってね、キミは彼女のところへ養子にいくそうね――そのとおり。どうかしたの、それが？　――どうもしない。彼女ならキミを幸せにしてくれるわ……

「ほんとうかい、その話？」と剛吉がいった。佑子が手をあげて制した。

……今度はぼくがきこう、きみは啓二が好きだったの？　――たぶん。ただし一時的にだけ――かれとキスしたそうだけど、その動機は？　――答えられません――かれが最近おかしくなったことについて、なにか心あたりは？　――まるで検事ね。ナッシング――かれが、直接的な方法にしろ、間接的な方法にしろ、自殺したら？　――かれ自身の問題でしょ?　――よろしい、きみはなかなか明晰だし、ちっともセンティメンタルでない、ぼくはきみが気にいった。ところで、きみはこのまえの土曜日、五時ごろ、どこを歩いていたの?　――街を、由比ケ浜通りを。ただしある男性といっしょに――そうだ、正直でよろしい、かなり親しそうにね。その男性はだれでしょう?　――フィアンセ、あたしのフィアンセ――それはおめでとう。もう一度くりかえすが、ほんとにおめでとう――メルシイ――どこで知りあったの?　――診療所にきてるデンティストなの――それで?　もちろん、いまはアンブラッセする仲よ――きみはだれとでもアンブラッセするたちらしい――ええ。キミとでも――ぼくは残念ながらその方面に興味がない、第一きみにはもう飽きちゃったから――あら、あたしもおなじよ――で、そのフィアンセや啓二や、その他の男ときみは何回くらいアンブラッセしたことがあるの?――数えきれない――ぼくもだ。ところで、愚問ですが、きみはそのフィアンセを愛しているの?　――ちょっぴり。というのはかれはあまり利巧でないから、キミとはちがって――きみはぼくに興味をもっていたことがあるね?　――多少ね――ぼくもだ、そしてきみが唖《おし》か精神薄弱児だったら、ぼくはきみにほれていたかもしれない、きみのそのきれいな包装のなかみがからっぽだったほうがよかった――ダンケ、そんなお世辞はもうたくさん――最後にまじめにきくけど、きみはぼくを愛してるの?　――全然――まえには?　――さっきもお答えしました、多少気をひかれたことがありました、でも現在は――現在は?　――全然、愛してない。つまり、あたしにはなんにもないの。からっぽ。キミには悠里子さんのほかにも大勢いる、せいぜいお幸せにおやりなさい……

これでかれは怒った、そのかぎりではあなたは成功したのだ。そこであなたは立ちあがって豹のような身ぶりで歩きはじめた、髪をかきあげながら……とつぜん、人間のものとはおもわれない硬い金属製の手があなたの肩をつかんでからだを半回転させた、あなたの頰は鋭い音をたててしびれた。かれは憎悪と絶望と悲しさで、ほとんど獣に近い眼をしていた。「死んでしまえ」とかれはいった、低い呪文のように。あなたは黙って背をむけた、すると奇蹟のようにからだが宙に浮び、かれの腕に抱きあげられてしまった。「はなしてよ」……しかしかれはものがいえないのだ、怒りのため、兇暴な発作のために……かれはあなたを抱きかかえたまま走りはじめ、あなたはかれの荒い呼吸とはげしい心臓の音におびえた。あなたはかれの肩をおもいきり嚙んだ、筋肉の厚みと弾力を歯にかんじるほど強く……かれは海にむかって突進した、大きな波の壁がおしよせてきたとき、あなたは固い水のうえにたたきつけられた、たちまち塩水が口から鼻へと逆流し喉《のど》を灼《や》いた。波から頭をだしたとき、世界は急にかげっており、海は死そのもののようにまっ黒だった……死んでやるわとあなたは叫んだ、しかしその声はだれにもきこえなかっただろう。あなたはそのまま沖にむかって泳ぎはじめた。

波の音があなたのなかの海に暗いフーガを響かせる、愛の終りと死の主題が追跡しあい、からみあい、オーボエとフリューゲルホーンの旋律があなたをしめつける。あなたの乾いた唇がわずかにひらく、かれの名を呼ぶ声のない声……あなたは呼びつづける、波にあわせてだるいリズムで……あなたはなにを探しているのか？　午後の空虚な海、金色のおろし金のようにきらきら光っているが、そのむこうには深い虚無の色をした区《く》劃《かく》や不可解な灰色の帯がある。これは数年まえ、かれと泳ぎまわった海ではない、うちよせているのは水ではない、死んでしまった時間の融解物だ……あなたはいま、決定的にこの時間の海へと陥没してしまった生涯の一区劃をみつける、あの黒ずんだ沖のあたりに……あなたは泣きだす、あなたは充分感傷的になっている、もうあなたの眼はみていない、それは泉の湧きあがる二つの窪《くぼ》地《ち》に変った、あなたは両手で顔をおおう、そして砂のうえにかがみこむ……あなたの指のあいだから細い涙の線がいく筋も走りはじめる。かれはもういない、あなたのまえに存在しない、あなたはひとりだ……その考えがあなたからあらたな涙を汲《く》みだす。ゆっくりとあなたの膝が砂のうえに折れくずれる、細かな砂粒を脚の皮膚にかんじながらあなたは砂浜に坐る……

　泣いたためにあなたの眼ははれぼったい。化粧をなおしたので、鏡にうつるあなたはいつものようになめらかな仮面そのものだが、あなたの内部には砂粒のような異物がぎっしり充満している、とくに眼から鼻にかけて。

あなたは倒木を踏んで身を乗りだす……断崖、えぐられた岩の壁、その下の狭い半月状の砂浜、ゆるやかに泡のレースをつくって岩を洗っている硫酸銅溶液に似た水……

死は簡単だ、いつでも死ぬことはできる、とあなたは考えていた。死はどこにでもある、街中、世界中、死がいっぱいだ、それはいたるところに鋸《のこぎり》のような歯をむきだしてあなたを引き裂こうとしているのだ……けれどもそれは事故としてしかあなたにぶつかってきはしないということにあなたは気づかなかった、もしもあなたのほうで死にむかってさめきった眼をあけて歩みよろうとすれば、死はあなたのなかに逃げこんで、臆病で狡猾な子どものように、けっして外にでて勝負を決しようとはしなくなるのだ……あなたの分別がさらにあなたの鎧を厚くする、そしてけっきょく死はあなたの想像のなかに密閉され、いつしかその活性を失ってしまうだろう……

あなたはコートの広い襟をたててバスを待つ……街を歩いていて風が強くなるとよくかれがそうしてくれたものだ……

けっきょくあなたはあらゆる行動を中止してしまった、かれの家にいくことも、悠里子をたずねることも、あなたの家に立ち寄ることも。夕暮の風に髪を乱されながら、あなたは駅まえのざわめく街をふりかえる。あなたがたずねていこうとして中止した場所に、かれの存在の破片、その痕跡、それについての手がかりが、むなしくあなたを待っていたのではないだろうか？　そんな可能性が、ゼロに近い確率でまだ瀕死の息をしているのではないだろうか？　——あなたは頰に乱れかかる髪の一筋を嚙む、それから左手をあげ、髪の束を額からおしのける、掌にかんじる乾いた、粗い石のような額……ばかげている、とあなたはつぶやく、どうしてかれがそんなところに帰ってきているはずがあるだろう？　あなたは勢よく頭を駅のほうにむけ、出札口に近づいていく。そのとき、瀕死の希望があなたの背のうしろでつぎつぎと絶命する、最後まで執拗な手をさしのべてあなたの後悔をかきたてながら。

出札口であなたは十円硬貨をだして大船までの切符を買う。検札がきたら乗り越しの分を払えばよい、最初からキセルの可能性を排除してしまうことはないのだ、摘発されない反則は反則ではないのだから……

さっきからあなたは通路をへだてた斜前の若い男女の一組を眺めている、ただしかれらに気づかれないように。寒さのため変色して薔薇色の網目模様のできた女の脚、あまり上等でないパンプスにつつまれた素足……この真冬の電車のなかでは異常な対象にみえる。眼尻《めじり》からはねあがった青いアイシャドウの彩色は蛮人の彫った呪いの神像を連想させる……藁の色に染められた長い髪。なぜ彼女は外套を着ていないのか？　赤と暗緑のグレンチェックのスーツ……胸があきすぎているようだ……左隣にぴったりくっついているのはまぎれもなく彼女の情夫だ、かれはさっきまで情事専門の安ホテルか女のアパートかでこの女を愛撫していたにちがいない、いまもひっきりなしに、飼犬を愛玩する手つきで女の腰にさわっている。かれは乗客たちの視線をかんじているらしい、そしてますます傍若無人な下品さで情婦にたいする所有のみぶりをひけらかす。笑うと眼は野卑な黄色に光り、歯ぐきがむきだされる。かれらは正の符号をもった人間ではなさそうだ、愚連隊とその情婦といったところだ。

品川でおりて、山手線に乗りかえる。渋谷、ちょうど五時だ、玉川線、井の頭線、地下鉄、そして国鉄から吐きだされては吸収されていく人間たちが黒い羊の群れのように渦巻き、肩をゆすっておしひしめいている。検札に襲われなかったので、あなたは鎌倉からの十円区間の切符をコートの内ポケットにしまいこみ、《吉祥寺——御茶ノ水》の定期をみせて清算所で十円払うと、気をよくしながら夕方の雑踏にまぎれこむ。なぜあなたは渋谷でおりて井の頭線で帰ろうとするのか、なぜまっすぐ東京駅までいって中央線で帰らなかったのか？　渋谷からのほうがいくぶん早いというだけではない、あなたはこの井の頭線が好きなのだ、その理由はあなたにもよくわからない……

まだ朝の七時まえだった、淡い紫色の光をたたえた早朝の空気は氷のように硬かった。あなたは品川で大阪発の急行列車からおりて山手線に乗りかえ、渋谷にでた。井の頭線への連絡通路を軽い足どりで渡りながら、あなたは長い息を吐き、人も車もまばらな、日曜日の早朝の街をみおろして微笑した。かれはまだ眠っているだろう、美しいエロスのあの純白の翼、夜明けの夢にくるまって。あなたは無邪気なプシケのように、ふいに京都からかれをおこしにきたのだ、東京の日曜日をかれといっしょにすごすことを期待しながら。東大前でおりると、あなたは小さいスーツケースを左手にもって、曲りくねった狭い道、石の塀に縁どられたきつい勾配《こうばい》の坂道をのぼっていった。鶏の鳴声と牛乳配達人のたてる壜の音がきこえた。右手の塀のなかで小犬がかんだかい声で吠えた。あなたは不安だった、かれはいるかしら、土曜日の午後から鎌倉に帰ってしまったのではないかしら？　下宿のおばあさんがもう起きだしていて、たとえば箒《ほうき》をもって家のまわりの路や庭をうろうろしていはしないか？　……だが、そんなことはすべて杞憂《きゆう》だった、あなたはしずかに木戸を押して梅や無花果《いちじく》、やつで、さ、る、す、べ、りなどの植えこまれた庭にはいると、尖ったヒールで柔かな黒土に穴をうがちながら、かれの部屋、孤立した離れの部屋に近づいた。あなたはガラス戸をピアノでも弾くように叩いた、そしてそれがなかからあけられると、あなたは若い恋人らしく胸をふくらませてかれをみつめたのち、眼をとじてかれの腕に倒れかかった……

「ゆうべはよく眠れた？」

「うん、わりにね。でもとても眠い。寝さしてね」

ベッドのなかにはあたたかい眠りの破片がそっくり残っていた。あなたは外套やストッキングを剝ぎとると、すばやくベッドにすべりこんだ、まるでやどかりがあわててその巻貝のなかに身を隠すように。かれの青い縞模様《しまもよう》のパジャマに頰をすりつけると気もちがよかった、かすかにミルクと石鹼の匂いがしていた。あなたの冷たい、すこししめりをおびた足はかれの脚に捕えられた。

「あたためてあげよう」

「おばあさん、やってこないかしら？」

「大丈夫さ。自分からぼくの部屋へやってくることはないよ、ぼくが留守のとき以外は。それにこんな寒い朝なんか神経痛でたいへんなんだから」

あなたは安心して眠ってしまった、そしてとつぜんカーテンがひかれ、レモン色の光、薔薇色の光の氾濫で部屋が宝石函《ほうせきばこ》のなかのようにまぶしくなったとき、あなたは夢のない熟睡からさめて裸の腕を伸ばした。

「おはよう、あなたとずっといっしょに長いあいだ眠っていたみたい、何年ものあいだ……」

あなたは歯をみがき、ニッカで口をすすいだ。それから解けがたい抱擁がはじまり、あなたがたはあらゆる接吻で相手を埋めあった……

ああ、もう一度あんなふうにかれを接吻することができたら、もう一度かれと同じベッドで丸くなって隣合せの眠りを眠ることができたら……もう一度かれと……右側の扉がひらき、乗客が家畜のようにホームに吐きだされる。車掌がからだを半分ホームにだして叫んでいる……「下北沢、下北沢、小田急線はお乗りかえでございます」……そしてあなたはあいするだろう、かれを——もう一度かれをみつめることができさえすれば。あのころの分量とおなじではないにしても、おそらくおなじ質の甘いぬくもりに、あなたはひたるだろう。だが、かれはもういない、いまはあなたにとってかれの不在が世界の意味のすべてなのだ。数日まえからそのことをたしかめつづけてきたために、あなたは疲れきっている。あなたの唇もいまはあのころの新鮮さを失っている、すくなくともいまは一日の疲れと埃と渇きのために、あなたの口のなか、あなたの舌は鉛の味がするだろう……こわばった首筋、ときどき針を刺しこまれるように痛む肩を支えているには、両腕をさしあげてひとつの吊り革に、祈るような姿勢でぶらさがっていなければならない……いまはかれと抱きあってもうまくいかないだろう、かりに僥倖《ぎようこう》によってこの満員電車のなかでいまあなたがかれをみつけたとしても……「明大前」……急に多くの座席があき、あなたは腰をおろす。

たえまない嘔《は》きけ……あなたは吉祥寺駅の北口にでる架橋をわたりながら手袋をはめ

た左手で口をおさえる、すると革の匂い、もう一度口のなかにこみあげてくるもの、それは唾液の泡に溶かされた絶望の味だ、けっして現実の嘔吐となってあなたの外へと解放されることのない絶望。眼に涙の膜がかかる。あなたは呪文のようにつぶやく、《la nausée》と……ロカンタンはなぜ嘔きけをかんじたのか？　あなたの嘔きけの意味？　あなたは考える、この嘔吐は世界という胎盤との通路が決潰《けつかい》したしるしだ、人間でなくなり絶望の塊になってしまうこと、あなたの死の意識なのだ、それがあなたの《la nausée》だ……たぶん長い空腹のために胃も狂ってしまったのだろう、しかしあなたには食欲がない、死刑をまえにして食物に嘔きけをもよおす死刑囚のように……

駅前でペキン猿人《えんじん》のような男がどなっている。バス会社の制服制帽を着て、発着するバスをさばこうとしているのだが、この軍人風の髭を生やした猿人は、いつも充血した眼にまで汗をためて、この世界の絶望的な混乱を自分だけがひきうけているとでもいうふうに、鈍重な厚皮動物に似たバスの図体にむかって世にも怖しい罵声を浴びせているのだ。あなたのまえを、首を垂れた乗客の行列がのろのろと移動し、入口のところで猿人に叱りつけられながら、護送される囚人のようにバスをみたしていく。みんな諦めているのだろう、ここはこの猿人の領分なのだ、声をからして罵《ののし》るのがこの男の生きがいなのだ、いつかあなたもバスとバスのあいだをすりぬけようとしてどなりつけられたことがある。いや、じつはこの男はあなたをどなりつけたのではなかったかもしれない、だがあなたは世界中の悪意が一匹の鬼の形をしてあなたに怒声を浴びせたかのように震えあがったのだった……

まだ六時まえだ、まだ時間はある、だが少しでも考える時間を避けることだ、たとえば、ジャズでも聴いて……

《ブラジル》の扉に手をかける、すると背の高いボーイが――あなたにははじめてのボーイだ――あなたを吸いこもうとするかのように勢よく扉を引く。あなたは立てているコートの襟を両手でなおしながら、壁に貼られたリストをみて、カウンターの少女に「百十三番、お願いね」と頼み、地下の《ファンキイ》への狭い階段をおりる。いつもとおなじ、いやいつもよりすいているといえるだろう、この時刻にしては。暗い、海獣の口中のような窖《あなぐら》、炭酸ガスの多い空気、それを攪拌《かくはん》する強い震動……いつもあなたは最初騒然とした工場に足を踏みいれるような印象をうけとる。黒い革ジャンパーやダッフル・コートを着た青年、背中にフードをぶらさげた赤いコートの女子高校生、それから奥の一角で娘たちにとりまかれているアメリカ人……いつもとおなじだ、だがあなたの《特別席》があいているのはなんという幸運だろう、調理室との仕切りをなす粗末なぐらぐらする壁をまえにした席、二つのスピーカー・ボックスの正面にあたるあの席だ、あなたがそこを好むのは、すぐ手のとどく壁面に、演奏中のレコードのジャケツが掲げられるという絶好の場所にあたるからだ。いま、ジャケツのなかで笑っているのはジャッキイ・マクリーン、いまやっているのはかれの《New Soil》だ……あなたが《特別席》に坐ると、うしろにいる常連たちが話しかけてくる、「しばらくみえませんでしたねえ」——「忙しかったのよ」——「試験?」——「まあね」——あなたは黒い革ジャンパーの男をふりかえって答え、常連たちのつきだしている脚を跳び越えてやってきたボーイに、指を一本立てて、コーヒーを註文する……「どうです、ごきげんだねえ、マクリーンは。ハンバーガーを三つ四つ平らげたあとみたいに吹くじゃねえかよ」——「そうかしら? あなた、タバコもってない?」——「どうぞ」と煉瓦色のセーターを着た少年が銀メッキのタバコ・ケースをあなたにさしだす、意外に清潔な指先、かれのに似た、しかしいくぶん色の濃い……ボーイが曲芸のような手つきでマッチをすってあなたの顔に火を近づける……「ダンケ」——「洋モクだよ」とセーターの少年がいう、あなたをみる眼のなかにはにかみの光がちらちらしている、《ファンキイ》では珍しい少年だ、いつも常連のなかにいたのかしら、とあなたは考える、だがおもいだせない……「景気、いいのね」——「そうでもないね、レモン・ティー一杯でもう三時間もごろごろしてますからね」「そういうと、荒れてるわね」……あなたのまわりのテーブルはタバコの吸殻と灰、紙片で汚れている、椅子の配置もすっかりでたらめだ、《椅子を動かさないでください》という貼紙にもかかわらず……《飲食物をもちこまないでください》、《高声の会話はご遠慮ください》……あなたの横の壁は禁圧的な貼紙でいっぱいだ、少しはおとなしくしたらどう、こんなに感じがわるくなったのもあなたのせいよ……しかしあなたはそれをいうかわりに眼をとじる……この店をみつけてかれといっしょにきたころはこうではなかった、あのころはソニイ・ロリンズが人気の中心で、くるたびに《Saxophone Colossus》や《A Night at the Village Vanguard》がきかれたものだ、あなたもかれも《モリタート》のアドリブまでおぼえてしまった、だが最近は……コーヒーがくる、このコーヒーもくるたびに味がおちるような気がする、あなたは十グラムほどの砂糖のはいった袋の角《すみ》を歯で破り、砂糖をカップのなかにおとしこむ……あまりコーヒーが好きでないあなたには、これだけの砂糖では甘味が不足する。まえにはこんなことはなかった、シュガー・ポットが運ばれてきて好きなだけ砂糖をいれることができた……しかし無理もない、こんな連中が毎日とぐろを巻いているかぎり、店はますます汚く騒然となり、末期的な荒廃の症状におちこんでいくだろう、それがファンクなのさ、といつかかれがいった、それからかれはファンキイを敬遠してしまった、なにしろ騒々しすぎる、眼はとじても耳に蓋をしてはきけないからね、とかれはいった……《New Soil》が終った、ウエイトレスの嬌声《きょうせい》がきこえたのち、とつぜん生々しい女の声が叫びだす、いや人間の声ではない、アルトサックスとトランペットのユニゾン、肉声よりも哀しい金属の絶叫だ……「だれだい、オーネット・コールマンを註文したやつは」

――「この人らしいよ」――「あたしよ」とあなたはいう。「まったくお好きですねえ」

――「黙っていてちょうだい、《淋しい女》だから」

「きみはオーネット・コールマンをどうおもう?」とかれがいった、それは渋谷の《オスカー》にいったときのことだった、かれはトイレットからでてくるなりそうたずねたのだ……あなたは黙って微笑していた。

「ここのトイレの壁に落書がしてあったよ、《オーネット・コールマンとミンガスをかけるな》って」

「それもひとつの見識ね」とあなたはいい、その落書をみにいった。鏡のまわりの壁は落書のために惜しみなく提供されているらしかった、猥画《わいが》もあったが、憤然とした字体でそれは否定されていた、《ジャズ以外のことをかくな!》と……それから横のほうには《Jackie McLean と Benny Golson が最高だとおもうがどうだ》という主張があった、するとそのベニー・ゴルソンに矢印をむけて《こんなやつと並べたら McLean が泣くぜ》という修正があった……

「どうだい、きみも一言書いてきたら?」とかれがいった、あなたは笑いながら、「もう書いてきた」と答えた、嘘だったが……

その日、あなたがたは暗くなりかけた百軒店から道玄坂にでると、おびただしい人間の漂流物にぶつかりながら坂をおりて《大盛堂》をのぞき、店内の雑踏に辟易してそのまま井の頭線の乗り場へと急いだ……あなたは右手をかれの腕にかけ、ときどき眼をとじてみた、街の雑踏のなかを歩きながらそうするのが好きなのだ、眼をとじて盲人になると、存在するのは黒い人間の溶液の流れ、そしてかれのたしかな腕だけになる……それにその日は金曜日だった、土曜日から月曜日まであなたがたが学校にでなくてよい日だ、しかも冬休みも一週間先に近づいていた……あなたは冬休みにかれといっしょに読む本のことを考えていた。

「ねえ、なににする?」

「大したプランもないんだ……どうせ道楽みたいなつもりでやるんだし、いまさらサルトルなんか、気がすすまないだろう?」

「ああ、《Critique》ね、あれやってもいい、せっかく買ったんだから」

「それより、アンチ・ロマンでも読んでみようか?」

「どこがおもしろいの?」

「それを考えてみるのさ。小説形式の発展をみきわめておいてもいいころだ、もしきみが将来書いてみる気があるならなおさらのことだ……」

「ミチヲはなぜ書かないの?」

「ぼくは……」かれは微笑し、両手をひろげてみせた、まるでタブーを口にされた狼狽を隠そうとするかのように……

いまあなたの耳はなにもきいていない、アルトサックスとトランペットのユニゾンが不安定な軟体動物のようにあなたのまわりで漂っている……あなたはこの音の破壊的なダンスに、非常に古い原形質のなかに蓄えられていたエネルギーの解放をかんじる……だがふたたびあなたはオーネット・コールマンの叫喚に冷淡になる、第一、あの大げさなレコードのタイトルがいけない、《The Shape of Jazz to Come》だなんて……

……それからあなたがたは渋谷駅前地下の東光ストアで買物をして、吉祥寺のあなたのアパートに帰った、金曜日の夜から月曜日まではかれはあなたのアパートに泊ることが多かったのだ、学校にでる日、火曜日から金曜日までのあいだの日には、逆にあなたが本郷のかれのアパートによく泊った。それがあなたがたの疑似的な結婚生活、いつまでつづくのか予測しがたいが破れることも考えられないような気楽な生活だった。その日もあなたがたはやさしい愛撫、幸福そうな生き生きした接吻を交換したのち、おなじベッドで兄妹のように眠るはずだった、それ以上の愛の勤行《ごんぎょう》、相手だけを愉しませるためのむなしい劇に移っていくことなしに……しかしかれはあなたの裸の胸に頭をのせて狼のようにあなたをみつめていた……あなたは待っていた、なにを？　かれが兇暴な力であなたを切りひらくのを？　……いや、それは半分しかほんとうではない、あなたは怖れていた、どんな兇暴さもかれのやさしい献身のお芝居であること、そしてかれに負けずにあなたも愛の仮面劇で完璧に愛する女を演じはじめるだろうことを。あなたがたがあいしあわないという協約を結んでからすでに久しかった、それは厳重な禁制ではなかったのでかれもあなたもしばしば相手の衝動をうけいれてよい気になるのだった、しかしゆるやかな愛撫のうちにあなたがたはその協約の合理性をあらためて認めるのがつねだった、そしてけっきょくのところこの協約は完全に守られていたわけだ……かれの眼のなかにそのときあなたは金色のちらちらする火をみた、かれはあなたとあいしあうことを望んでいた。「だめよ、ミチヲ」とあなたはいった、それは挑発と禁圧の作用を同時におこなうことばだった、あなたは眼をとじて微笑しながらかれの選択を待っていた……「もうそろそろわれわれの《危険な関係》は中止したほうがよくはないかな」とそのときかれはいった、あなたの胸からはなれながら。「ぼくは飽きてしまった、もっとほかの関係を考えてもいいころだ……」あなたは軽い不安をかんじながら首をもたげ、かれの唇をふさいだ、「たとえばどんな関係？」するとかれは笑いだした、「たとえば、ぼくたちは結婚するのさ」

たしかに、あなたはあなたがたの関係を変更すべきだった、結婚という軌道に復帰するにしても、別の新しい関係を発明するにしても……だがいまとなって後悔してもはじまらない、もうあとの祭りだ、人間の関係も白いシーツとおなじで、いくら清潔にしていても年月とともに汚れてくるものだ、それは後悔の涙で洗ってもけっしてもとどおりの純白さにかえりはしない……それにしてもあの《危険な関係》がなかったら、あなたはかれを失うことがなかったかもしれない、かれは失踪しなかったかもしれない……そうだ、それもひとつの仮説だ、しかしあの関係とかれの失踪とのあいだにあなたは緊密な因果の鎖をみいだすことができない……それはあくまでひとつの仮説だ、しかも大して有効でない仮説……

「帰るの？」黒いジャンパーの青年がハンティングの庇《ひさし》で眼を隠したままあなたをみあげる、デニムのズボンをはいた脚が通路を遮断している……「ええ、もう帰らなきゃいけないわ」……帰らなければならない、いかなければならない――あなたのひどく嫌っていたいいかただ、なぜこんな常套句が口にでたのか？　あなたは腹をたてて口を尖らし、靴の爪先で通路の脚を蹴とばす……そのとき、黒ジャンパーの横にいた学生、赤錆《あかさび》色《いろ》のセーターを着た学生が黒ジャンパーの肩に手をつきながら立ちあがる、「おれ、帰るよ」そしてかれは仲間たちが「チャオ！」と声をかけるのにも答えずに、広い肩を斜にして階段をかけあがっていく。あなたはそのあとにつづきながら、よく張りきった臀《でん》部《ぶ》をのせた二本の脚、細くて長い脚をみる……この子はまだ若いのだ、たぶん二十《はたち》まえだろう、とあなたはぼんやりと考える。コートのポケットから百円硬貨を一枚つまみだして勘定をすませ、外にでると、映画館の立看板のまえで、その少年が不安定にからだをゆすりながらあなたを待っている……「送りましょうか？」といい、あなたに近づく。「いいのよ」――「でも、送らせてくださいよ、おれ、おなじ方角だから」――「あたしのアパートをご存じなの？」――「ええ。じつはおれたち、あんたのことならなんでも知ってるんだ」――「興味があるの？」――「大学院にいってるんでしょう？　そういうメッチェンって、おれたちのあいだじゃ珍しいもんですからね。岡本、さっきの黒ジャンパーの男ですよ、あいつなんかもあんたについてはてんで軽蔑したようなことい ってるくせに、よく調べてるんだ……結婚してるんですってね」――「してないわ」――「ほんとですか？」……踏切りの遮断機を震わせて長い上り電車がのろのろと通り、それから下りの電車が次第に速力をあげながら走り去る、だが遮断機はまだあがらない、もう次の上り電車が近づいているのだ……あなたはぎっしりと路面に詰った自動車のあいだにはさまれて待っている。また下り電車、そして上り電車……やがて踏切り警手が、重大な決断を下したとでもいうように、遮断機のハンドルを巻きあげる、もう一人の警手がはげしく笛を吹き鳴らしている、あなたは少年の腕に手をかけ、どっと線路まであふれる人人のあいだをかけぬける……「彼氏のことも知ってますよ、近頃あまり《ファンキイ》にはこないな……ジョン・コルトレインの好きなひとでしょう？」――「ソニイ・ロリンズも好きよ、かれはだれでも好くの、みんな、それぞれのスタイルをもってるし、それでいいって。お点が甘いほうなのよ」――「じゃあレコードもたくさんもってるだろうな」――「月に二、三枚ずつ買うの。でも、こちらにはおいてないわ、再生装置をもってないんですから。鎌倉のかれの家には《ファンキイ》のよりすごいやつがあるの」「一度きかしてもらいたいなあ」――「いらっしゃい、あなた一人で」――「いつごろがいいんですか？」――「いますぐはだめ、かれがいませんから。あたしも当分こちらにはいないわ、旅行にでかけるのよ」——「いいなあ。おれたち、あさってから試験ですよ、頭にきてるんだ……スキーですか?」——「スキーじゃない。あてのない旅行……ひょっとしたら、もう《ファンキイ》に出没することもなくなりそうね」——「いやに淋しいことというなあ、《Lonely Woman》みたいですね……おれ、とても好きなんだけど……気をつけていってくださいよ」——「ありがとう」……あなたは首を振って髪をととのえ、《スバル座》のまえで少年と別れる。あの少年、フランスの若い俳優のように眼に憂愁をもち猟犬に似た肩や胴をもつ少年、少し不安定で行儀はわるいがあなたの好みをみたす少年だ、かれがあなたにたいして思慕に近い関心をもっていることはたしかだといえる……あなたは口の隅でちょっと微笑する、いつかあなたはあの少年とベッドをともにして愛撫をかわすことがあるかもしれない、すでに多くの似たような少年たちとそうしたように……けれどもそれはいまのあなたにとっては画布のなかの静物に食欲をかきたてるよりもむなしいことだ、あなたの未来はさしあたり京都までしか延びていない、その先はどこにもない場所へと陥没しているのだから……

階段をのぼっていく……もしも鍵がかかっていないとしたら、もしも……あなたはドアの鍵穴に鍵をさしこむ、鍵はかかっている、あなたはもうみこみのない希望を棄てたほうがよい、かれはきていないのだ。ここにもかれは不在だ、部屋のなかにかれの匂いはないだろう、ただのくらやみが無表情な召使のようなよそよそしさであなたを待っているだけだ……燈をつける。すべてがあらわれる、あなたの部屋、皮膚の内側をおもわせるあなたの容器、それは今朝あなたが抜けだしたときのままだ。浴室の扉をあける、だれもいない、なにもない、裸で血を流している死体ひとつころがってはいない……あなたは浴槽にみたされた水にちょっと指先をひたし、ガス・バーナーに点火する。

もう一度——東京を去るとすればなおさらのこと、もう一度、本郷のかれのアパートをたずねてみるべきではないだろうか？　なぜ鎌倉からの帰りに御茶ノ水にでて、本郷にいってみなかったのか？　あなたは首の抜けかかった人形のように首を振り動かす。ああ、もうたくさん、いまはひとおもいに、そんな瀕死の希望、寸断されてもなおのたうっている蜥蜴《とかげ》のような希望を殺してやりたい……あなたは宣告を下す、かれはいないのだ、かれは死んでしまった、もうどんな場所にいってもかれの存在と出会い、交わることはないだろうと。

厚いスープ・パンの蓋をとる。きのうつくったポ・ト・フ、あなたとかれのあいだでは《おでん》と呼ばれている料理、セロリやローリエ、それに丁字《ちょうじ》の匂いがする。三センチほどに角切りされた牛の腿肉《ももにく》、小蕪《こかぶ》、カリフラワー、芽キャベツ、ニンジンが少し濁った汁のなかに沈んでいる。あなたはしばらくポ・ト・フをみつめる、だがあなたの疲れた胃は食欲をおこさない。きのうそれをつくったのもかれのためだった、かれが好きだったし、比較的簡単な料理でもあるので、冬のあいだしばしばつくったものだ。かれがいたら、かれの好みで、腿肉のかわりにタンを使っただろう、しかしあなた自身はかれの失踪以来、堂々とした肉の塊にたいしては弱気になっていた、だからあなたがこんな肉料理をつくったのはかれを呼びよせるための祈禱としてだったといえる。とつぜん、あなたはポ・ト・フがいくらか減っているという確信をもつ。だれかが食べたんだわ、ああ、かれが……いや、それは気のせいだ、あなたのおもいちがいだ……かれがあなたの留守のあいだにやってきてポ・ト・フを食べていったという滑稽な考えをあなたは力なく払いおとす。鍋をガス・レンジにかけ、火を強くしてあたためはじめる。空腹であることはたしかだといえる。あなたは少量でも食べたほうがよい、もちろんこんなに多くの肉や野菜、そしてスープまで食べつくすことは考えられないし、苦心してつくったソース・ブルンも残るだろう、それらはあなたがいないあいだに――たとえあなたがもう一度ここに帰ってくることがあるとしても――腐ってしまうだろう……あなたは憂鬱になる。捨てることだ、食べ残した分は。だがそれはあすの朝の面倒な仕事になるだろう……あなたはキッチンをでて居間にはいり西の壁のサイドボードからベルモットの瓶をとりあげる、食欲をだすためだ。キッチンにもどるとポ・ト・フが沸騰している。あなたは食卓にクロワッサンをとりだし、牛肉と野菜を皿に並べて鳶色《とびいろ》のソースをかける。ふと気がついて、食器戸棚のまえにあるトランジスター・ラジオ――それは先月かれがもってきてそのままおいて帰ったラジオ、黒い革ケースにはいったSony TR813だ

——のスイッチをいれる、まだ八時まえだから、ラジオ関東の《ミュージック・フラッシュ》がきけるはずだ。トランペットとからみあって木管楽器が叫んでいる。奇妙な音、アルトサックスでもない、そうだ、あれはバスクラリネットだ、きっとエリック・ドルフィだろう、やがてききおぼえのある合奏部にはいる、あなたは口のなかで歌いはじめる、それは《Green Dolphin Street》だ……おなじ曲を、ウイントン・ケリイのピアノできいたことがあった、かれといっしょだった、渋谷だったか有楽町だったか、あなたはおもいだせないが……あなたはすこしずつ肉に慣れ、食べることに熱中しながら、元気のよい男のアナウンサーの声をぼんやりときいている……「つぎは新着輸入盤から三曲、ホレス・パーラン・クインテット、曲はまず《Speakin' My Piece》」……

旅行鞄をとりだすと、あなたはもっていくべきものを考える。ネグリジェ、下着を若干、セーターとスラックス、ストッキング、スカーフ、それに洗面道具……薬もいれておいたほうがよい、とくにヴィタミン剤などは……鞄に詰めおわると入浴だ、もう沸いているはずだ、そして入浴のあとでマニキュアをすること……

少し煖房が強すぎるのではないか？　入浴のあとだからそうかんじるのかもしれない……あなたは水色のタオルで胴を巻いたまま台所の冷蔵庫まで歩いていく、罐《かん》入りビールが一本残っていたはずだ、飲んでおこう、早く眠れるように。あなたは罐に穴をあける、小麦色の液体が勢よく噴きだす、あわてて口で穴をふさぐ……半分くらいしか飲めない、こんなことなら手をつけなければよかったのだ。あなたは明日着ていくもの――下着類、ストッキング、手袋などを几帳面にたたんで長椅子のうえに並べる。それからパジャマを着てベッドにあがり、マニキュアにとりかかる。まずリムーヴァーで爪を拭き、ベースコートを塗る、それが乾くと《ナチュラル》を塗る……この《Cutex》セットは先月かれが買ってくれたのだ、伊勢丹で……右手がなかなかうまくいかない、その中指は濃くなりすぎたようだ、やりなおしだ。柱時計が九時をうつ、あなたは多少いらいらしはじめる、だがこの《ナチュラル》を塗るのにそれは禁物だ……

もう眠るべきだ……しかし旅行のまえの緊張、いつもきまってあなたの眼瞼をこわばらせ頭のなかで歯車の音をきしませるあの緊張が今夜もあなたを悩ますかもしれないけれども……あなたは眠る努力をしなければならない、あすは朝が早いのだから。あなたが手にいれた特急券をむだにしないためにも、あなたは七時にベッドをはなれなければならない。目覚し時計は七時に鳴るだろう、しかしきっとそれよりもまえに、苦しい夢の破片のあいだで、あなたは睡眠不足の眼をあけることだろう……

Ⅱ

八時半、まだ《第一つばめ》は入線していない、おそらく発車の十分ほどまえにはいってくるのだろう、そうだとして、それまでにまだ二十分あるわけだ、風はないが烈しい寒気があなたを冷凍し、あなたの内臓まで氷漬けにする……あなたは白いマフラーを首に巻きなおすと、もう一度新橋寄りの階段をおりていく、下のミルクスタンドで温い牛乳でも飲むことだ……あなたはフルーツ牛乳を一本飲み、《五十円ハウス》の隣にある売店、本屋をのぞく、いくつかの週刊誌を手にとるが、あなたはやめる。食欲がないのとおなじように、ものを読むことにたいしても全然欲望がない、なにも読みたくない、しいて読むとすれば推理小説かS・Fだが……あなたはカラー・テレビのまえの椅子に腰をおろす。

《第一つばめ》がはいってくる、ベージュと赤の車体、蛇の頭をおもわせるあのふくれあがった運転室のある頭部……あなたの座席は八号車四Dだ、椅子の背に座席番号をしめすプレートがついている、まちがえてはいけない、番号をよくたしかめること……あなたの席は進行方向にむかって右側、窓ぎわの席だ。どちらかといえばあなたは窓ぎわのほうを好む、隣の他人から顔をそむけて走り去る風景を相手にしていればよいのだから……ただし難点は、通路にでるためにいちいち他人の脚にむかって通行の意志表示をし協力を求めなければならないということだ……ほとんど考えられないことだが、あなたは隣の席、四Cの占有者があらわれないことを期待する。発車まであと四分だ、四Cの占有者がきまっているとすれば、もう姿をみせてもいいころだ……車内は、荷物をもってはいってくる乗客、座席を探す乗客でざわめいている、それに見送りの人人も車内にはいってきて発車までの時間にできるかぎり多くのことをしゃべりあおうとしている……あなたの隣に初老の男が腰をおろす、これが京都までのあなたの隣人だ、かれは外套をぬぐと二つに折って、小さな手提鞄といっしょに棚にのせる、やれやれどうやらまにあったという表情だ……背はあまり高くない、あなたより低いかもしれないくらいだが、でっぷり太っている、なめらかなバターのような肌、幼児がそのまま肥満して老人になればきっとこんなふうだろう。窓の外では若い会社員らしい男がガラスを叩いてなにかいっている、あなたにではないし、隣の紳士にでもない、とにかく声はほとんどきこえないので水槽のガラスに突きあたってもがいている魚をみるようだ、あんなに口をぱくぱくさせているのになにもきこえないとは哀しいことだ……あなたの座席はこの八号車の前の出入口に近い。扉から数えて四列目だ、この列の左端の窓ぎわが四Aになるわけだ……四Aと四Bの占有者はすでに座席についている、四Aはゴリラに似た角刈りの男で、四Bは老婆だ、彼女は椅子のうえに脚を折って坐っている……赤ん坊の泣き声がする、左の窓ぎわの二Aだ、若い母親がからだをゆすってあやしている……

……巨大な山門と古い方丈《ほうじょう》、塔頭《たっちゅう》、それらをめぐる石のモザイク、土塀《どべい》、樹木、そのあらゆる種類の緑、苔と石と白い砂の庭園……かつてかれと腕を組んで歩きまわったそれらの場所でかれの亡霊にでも会えるかのような期待にひきずられて、あなたはいま京都へ出発しようとしている、それが逃げ水を追いつづける砂漠の旅よりも失望と危険にみちていることを予感しながら……それはどこにも到着することのない旅となるかもしれない、あなたは死にむかって旅だつのだとあなた自身にいいきかせながら、じつは死から逃げだすために出発するのだ……暗い、傷口に似たあなたの眼は、窓の外をぼんやりと眺めている……

発車のベルが鳴りひびく。それは非常に長いあいだ、発狂した目覚し時計のように鳴りつづける……あなたの腕時計は九時二分をしめしている、もう発車してもよいころだ、もうじきベルが鳴りやみ、昆虫の鳴声じみたブザーの合図とともに自動開閉扉がしまるだろう……

《第一つばめ》が動きはじめると、隣の男はまえの座席の背からひきだした台のうえに新聞と週刊誌をのせる。その淡茶の台は、あなたのほどひどくないが、やはり蝶番《ちょうつがい》のぐあいがわるくなっているので三冊の週刊誌の重みで傾く、それらは次第にずりおちそうになる。男は雑誌を台にのせることを諦めて自分の膝のうえにおき、その一冊を膝にひろげる。それは『アサヒ芸能』で、残りは『漫画サンデー』と『週刊大衆』だ、大阪までの六時間半をこの初老の男は三冊の週刊誌と二、三部の新聞を読むことで消費するつもりらしい、だがかれはさっきから老眼鏡をかけているのに、読書にはきわめて不熱心だ。煽情的なゴシップとナンセンスな漫画の盛合せも、かれのような明治生まれの男の食欲を大してそそらないのかもしれない、それとも、老年期にはいって急に衰えてきたかれの大脳は、多少とも知的な活動を必要とするような退屈しのぎよりも、弛んだ退屈にひたり、うたたねをはじめるほうを選ぶのかもしれない。いずれにしても、かれは雑誌をむさぼり読む熱心さを欠いている、用心したほうがよい、そんなわけだとすると、かれはあなたに話しかけてくるおそれがある。しゃべりつづけてあなたを唾液の繭にとじこめてしまうようなタイプではないにしろ、半時間ごとに話しかけてけっきょくはあなたをひとりにしないかもしれないから。あなたは眼鏡をとりだしてかける、一種の防《ぼう》禦法《ぎょほう》だ、こうするとあなたはいささか仰々しい顔にみえる、そして正体不明のとりつきにくい女になるのだ。

白いアストラカンのコートの裾に隠れていたバッグをとりだして膝のうえにおく。すこしかさばりすぎているので口金がぴっちりとしまらない、食べすぎたがまみたいだ。それはあなたの生活からでる埃のようなものを食べてふとっている……ひとはそんな生活の破片がじっさいに必要なのだとおもいこみ、かなり長いあいだ執着しているものだが、あなたのバッグはもうそれらを排泄してもいいころだろう、整理しなくてはいけないとあなたはおもう、そしておもいたったいまそうするがいい。

バッグの内側のポケットから、かれにあてた伝言の紙片がでてくる。

Mon amour
あなたのアパートへいってみます。わたしの留守中にいらっしゃったら、部屋にはいって待っていてください。念のため、わたしの鍵も残しておきます。例の場所に。

――Sat. p.m. 6.30

これもむだだった、本郷のアパートにもかれはいなかったし、あなたのアパートにやってきた形跡もまったくなかった……これに似た伝言をあなたはすでに何枚も書いた、そしてすべてむだだった……あなたは紙片をこまかくひき裂く。だが捨てるところがない、あなたはそれを丸め、またバッグのなかにいれる。

赤ん坊が泣きだす、母親は赤ん坊を抱いてからだをゆすりながら立ちあがる。白いセーターを着ている、マスクをかけ顔を紅潮させているのは風邪気味のせいかもしれない……彼女の首からは黒っぽい木の実と木片とをつづりあわせたネックレスがゆるい抛物《ほうぶつ》線《せん》をえがいて垂れさがっている。非常に若い母親だ、たぶんあなたよりも若いだろう……そしてほとんど痛々しいくらいだ、あのほっそりした植物的な娘が、ライオンの仔《こ》ほどある、よく鳴き叫ぶ動物を生みおとしたとおもえば……それが驚くべき偉業に近いという理由だけでも、あなたはあの泣いている赤ん坊に寛大であるべきだ……赤ん坊はすぐ泣きやむ。結構なことだった、この列車のなかで、ひっきりなしに泣かれてはかなわない……

通路をへだてた四Bの席では、老婆がもう蜜柑を食べはじめる、その隣、四Aの男はさっきから顰《しか》め面《つら》をつくってトランジスター・ラジオをいじっている、きっと望みの番組がでないのだろう……かれはイヤホーンできくつもりだ、あなたは安心して椅子の背にもたれかかる。

かれといっしょに汽車で旅行するときのあなたは、二羽の鳥のように肩をよせてしゃべり、チョコレートや、きれいな紙包みのヌガーや果物などを食べつづけたものだった、珍しい駅弁も愉しみのひとつだったし、パッションの罐入りジュースやウイスキイのポケット瓶まで買いこんでいくほど熱心だった、たとえばあなたが大学一年の五月に京都までいったときも、去年の三月に志摩と南紀へ旅行したときも……この東海道本線の長い旅は遠足にでた子どものようにものを食べつづけるのに最適だった……汽車のなかのあなたがたは若い夫婦とも仲のよい兄妹ともみえただろう、旅館ではいつもうやうやしく《おくさま》と呼ばれることになっていたけれども……

いま食欲がないのは一人旅のせいだ……いや、それだけではない、あなたはかれを失って一人になったのだから……それにこの特急電車はあなたを指定の座席におしこめて、荷物でも運ぶように、ただ速力をあげて走りつづける機械にすぎない、もしかれといっしょでも、あなたがたはぼんやりと列車の動揺に身をまかせているだけかもしれない。それにしてもこの振動は相当なものだ……

京都……なぜあなたは京都へいくのか、なにを求めて？　あなたは執拗な訊問をくりかえす、しかし論理的な追求に耐えるような理由はなにひとつみつけることができない。かれを探すのが目的だとすれば、この旅行は最初から無意味でむなしいだろう、かれとあなたの愛の遺跡を訪れる旅、過去への旅だとすれば、それはあなたを苦しめるだけだろう……この旅は冥府の案内人のように暗い顔をしてあなたをみちびいていく、どこへ？　……京都へ。そしてその先については案内人はその口をとざして語ろうとしない……

京都、あのわるい気候に包まれた都市、かつてあなたにとっては熱っぽい苦しみの容器だった都市……

京都、寺院と名庭の象嵌《ぞうがん》された古都、そこにはかれとあなたの愛の遺跡もちりばめられている。

……あなたがはじめて京都にいったのは一九五五年の三月下旬のことだった……Q大学の入学試験で苦い失敗を味わったとき、あなたは――なによりもかれの眼から自分の姿を消すこと、逃げだすことを考えていた――逃走という目的だけをもって京都にいった、L女子大にはいるというのがあなたの口実だったが、まるで尼寺にでもはいるような決意だった。あなたは下降の軌道をたどりはじめたあなたの運命にたいして自暴自棄になっていた、だがそんな運命を選びとったのはあなた自身だったのだ。あなたには、東京に残ってお茶の水の予備校に通いもう一度Q大学にあなたの可能性を賭けるという尋常なみちが許されていたし、母の消極的な反対を除けば――彼女はあなたがこれ以上Q大入学のために時間をかけると婚期を逸するといって嫌味たっぷりの牽制をこころみていた――あなたがそうするのは当然のこととして黙認されていたのだから……だがあなたは京都にむかって逃走するほうを選んでしまった、二度と東京に帰ることもなくかれと会うこともないだろうという大げさな決意でみずから悲愴感をかきたてながら……あなたはだれの見送りもうけずに大船から夜行の急行に乗った、かれにも出発は知らせなかった……黄いろい燈に照らされた汚い車輛のなかであなたはそのことを後悔してしばらくのあいだ泣いた。それから長い眠れない夜がすぎて京都に着くまで、あなたはかれとの愛の挫折について、悪性の腸カタルのようにあなたを襲った自信喪失について、考えつづけた。

京都に着いたとき、明るい三月の古都はあなたを感傷的にした。駅前の広場にも舗道にも人間と車が少かった。旅館の客引きが腰を曲げてあなたに声をかけた、あなたはその声を振りきると東口の交通公社にいって、L女子大に近い静かな旅館、なによりも静かな旅館を紹介してほしいと頼んだ……それは祇園に近い、懐石料理で有名な割烹旅館だった、広い竹林に囲まれ、庭のなかを人工の小渓谷が流れていた、もちろんそこは受験生などの泊るところではなかったので、離れの部屋に通されたとき、しずまりかえった旅館全体はあなたのために息をこらしているようにおもわれた……

あのときのあなた……とつぜんあなたはのちに読んだジュリアン・グリーンの《Adrienne Mesurat》をおもいだす、この若い娘が閉された妄執の家を逃れて田舎町のみすぼらしいホテルに投宿したときのことを……だがあなたはアドリエンヌとちがって重苦しい肉的な苦悩を解毒する術にたけていた、あなたは生まれてはじめての一人旅、そして一人きりの宿泊から、濃密な不安よりも軽快な解放の感情を味わっていた……夕暮が部屋をひたしはじめるあの時刻……あなたの骨をしめつけるように響いてきたどこかの寺の鐘の音……

その年の十月、かれとあなたがはじめて夜をいっしょにすごしたのも、そのおなじ旅館だった、ただ、部屋は三月にあなたが泊った離れの和室ではなく、二階の洋室だったけれども……

翌日、あなたはL女子大の試験をうけにいった、その帰りあなたが馬町にでて電車を待っているとき、生粋の京都人らしい顔だちの中年婦人に話しかけられた、彼女はあなたを自分の家に下宿させたいといっていた。あなたは祇園までの電車のなかで早速その話をきめてしまった。そしてその家、馬町からすこしのぼった三叉路のところにある家が、京都であなたが最初に下宿する家になったのだった……

眼をとじて、あなたは眠ろうとする。昨夜の睡眠は充分だったとはいえない、眼球の芯がほてっている。だから京都までの六時間半を、あなたは列車の振動に身をゆだねて眠りつづけるのがいちばんなのだ、ラオーコーンの蛇のようにあなたの頭をしめつける執拗な想念から逃れるためにも、病的な昏睡のなかに身を漂わせることだ……

ふいに、あなたの眼のまえに手があらわれる、ココア色の手、五百円のバナナの房よりもみごとな手、薔薇色の爪をもつ指、エロティクな……それはぐっとあなたにむかってつきだされ……あなたの眼を突き破って頭のなかまで侵入する。あなたはどこかでみたことがある、その手を……その指は金属製管楽器の鍵盤にかけられている……そうだ、ジョン・コルトレインの手だ、《Giant Steps》のジャケツでみたあの暗褐色の手……

車内のスピーカーが鳴りだす、あなたは眼をあける。女の声で、「食堂車のご案内を申しあげます」というアナウンスだ、食堂車は五号車、昼食は十一時から二時半までのあいだに五回にわけて予約してほしいといっている。食堂車を利用するつもりなら、あなたも予約しておかなければならない、微弱な食欲ならなおさらのこと、きまった時刻にそれを発動してもらうために、予約しておくとよい、食堂車はそれにふさわしい権威をもってあなたの三輛先を走っているのだ。

時計をみる。まだ発車してから二十分もたっていない……とつぜん、あなたの耳のそばの窓ガラスが強い衝撃の波をうけてはげしく震える、青い車輛の特急とすれちがったのだ。九州からの特急にちがいない、《あさかぜ》か《はやぶさ》だろう。

横浜、一分停車、ホームは左側だ、窓があかないので出口のところまでいって焼売《シューマイ》を買おうとする乗客たち、あらたに乗ってくる乗客たち……停車時間はわずかに六十秒だ、車内は人の動きでざわめいている。まもなく崎陽軒《きようけん》の赤い包みをかかえた乗客が車内に帰ってくる、そして発車のベル……

窓の外に暗褐色の雑木でまばらにおおわれた丘がつづく。丘からきた小道が線路を横切るところには、虎のように黄色と黒の縞模様に塗られた柵が立っている、小さな踏切りだ、ときどき、自転車をとめた農夫がそこで列車の通過を待っている……この印象派以前的な、光と色彩のない風景、克明な線とタッチでえがかれた風景のなかからみるべきものを探すことはむずかしい。あなたの眼はつぎつぎとあらわれる黒と黄色の柵を追っている。

淡《うす》いクリーム色の制服を着たウエイトレスが二人はいってくる。食堂車から昼食の予約にやってきたのだろう。彼女たちはメニューを乗客にわたし、註文をきいては熱心に書きとめる。どの客にも、「スープはおつけしますか?」とたずね、どの客も困惑したように口を尖らしている。ウエイトレスの一人が乗客を物色しながらあなたのほうに近づく、列車の動揺でちょっとよろめく……あなたは食欲がないことを知っている、だが食事はしたほうがよい、そのためにもいま予約しておくのはあなた自身を昼食へと強制する賢明な方法だ、予約しておこう……ウエイトレスと眼があう、裸の腕が一瞬ためらったのちあなたにメニューをさしだす。「スープはおつけしますか?」ときかれないように、あなたはA定食にきめる、それにはスープがついているから。四八〇円だ、六〇〇円の「スペシァル」は? しかしどうせ料理の大半を食べのこすことになりそうだ、見栄を張ることはない。あなたは心をきめてA定食を註文する。「お時間は、十一時か一時かになりますけど……」とウエイトレスがいう。

「一時にしてください」

「かしこまりました、お時間がきましたらお知らせにまいります」


またスピーカーが鳴りだす。電話の呼びだしだ、けれどもあなたではない。だれが《第一つばめ》の車内にいるあなたを呼びだすことができるだろう、だれもあなたの京都行きを知るものはないのに……いや、あなたは心霊術研究会の会員みたいに、かれの霊魂からの連絡を信じ、それを期待したいほどだ、あなたの耳の迷路の奥ふかく張りめぐらされた《愛》の配線を通じて、ふしぎな電話のベルが鳴り響くかもしれないのだ、かれの生霊または死霊からの電話……それは奇蹟ではない、あなたは別にロマネスクになっているわけでもない、過敏な、アレルギー質の感受性が、多少病的に充血しているだけのことだ……かれがいまもあなたを愛しているなら、愛は全能だから、奇蹟に類する不意打ちでかれはあなたをしっかりとつかまえてくれるはずだ、いままでもかれはしばしばそれをしたのだから……たとえば、数年まえの十月、あなたが十九歳の誕生日を迎える、一週間まえの十月、死を諦めて京都に帰ったあなたは、京都駅でかれの信じがたいような迎えをうけた、そうだ、あなたがはじめてあいしあった日の朝のことだった……あなたは時計をみる、九時四十五分、まだあなたのなかには消化されるべき六時間近い石灰質の時が滞留している……

かれはずいぶん憔悴しているようにみえた、灰色のフラノのズボンをはき、ベージュのセーターを着ていた、ひどく髭がのびており——それまであなたはそんなかれをみたことがなかった——眼のなかにみなれない光があった……あなたは一瞬立ちすくんだのち、樫のように硬くなった脚を、かれのほうにではなく、かれの横に立っていた牧子のほうに踏みだした……「ただいま」とあなたが朗かそうにいうと、牧子は力のない微笑をうかべ、かれにむかってなにかいうべきだと眼で合図した、しかしあなたはことさらかれを無視していた、涙の氾濫を抑えるために……そのときかれは叱られた少年のように泣きだしそうな顔をしていた、あなたは右手のスーツケースを置いてかれに手をさしだした、哀しみの微笑、愛のために溶けそうな甘い哀しみの微笑を送りながら。小さい声で、あなたは「ありがとう」といった、かれはきこえないふりをして、事務的にあなたのスーツケースをもってくれた、それからあなたと牧子のどちらにともない調子で、朝の食事をしないかといった……

あのとき、母に見送られてあなたは横浜駅から《銀河》に乗った。鎌倉から大船にでてそこで乗ってもよかったのだ、しかしあなたは横浜のほうが坐れる可能性が大きいという理由で、だがじつはやりきれない護送者を追いかえそうという魂胆で、横須賀線の電車でわざわざ横浜までいった。すると母もあなたの意図を察して横浜までついてきた、硬い感情の鱗で顔をこわばらせて……あの死人のような平静さにあなたはそのときもはげしい憎悪をかんじた。

「もう遅くなるから帰ってちょうだい」

「大船までいっしょに乗っていきます」

「検札がきたら急行料金をとられますよ」

「払えばいいでしょう」

「……ほんとに、もう心配なさらないで。あたしが簡単に死んだりするとおもっていらっしゃるの？　あたしは京都に帰ります。死ぬのは当分先のこと、死ぬとしても」あなたは残酷で晴れやかな微笑を浮べていた。「それに、そんなことはあたしだけの問題で、だれにも関係ないことでしょう、お母さまにもお父さまにも」

「なんてことをいうんです！　勝手にそんなことをさせるためにあなたを生んで育てたのではありません」

「ごめんなさい、死ぬことについて議論するなんて、おたがいに愉快なことじゃありませんものね。ですから、もうよしましょう、その話」

それから列車の到着までのとぎれてはつづくはてしない母の非難と愚痴で、あなたの耳にたこができてしまった、あなたはろくにきいていないふりをしていたけれども。いったい彼女はなににむかってそのねばねばした怨恨を分泌していたのか？　彼女はけっしてあなたの死を悲しみはしなかったろう、いや自分でも知らない胸のなかのくらがりではあなたの挫折を、そして死さえも願っていたのだとあなたはおもう、その点ではあなたもおなじことだった、ただしあなたにはいくらかの憐みが、彼女には嫉みと劣等感があったというちがいをのぞけば。けっきょく、母は——とうとうそのことについては大船で《銀河》からおりるまで貝殻よりも堅い沈黙を保ちつづけていたが——かれとあなたとの愛、あなたの自殺行の真の原因になっていたその愛、彼女にとっては呪わしく羨むべきその関係をすでに嗅ぎつけており、それを嫉妬していたのだ、とあなたは判断する……愛に感染しながらその苦痛の症状ひとつみせようとしない娘のために、母親の自尊心が傷つけられたのだ、そして彼女の硬変した感情いちめんに憎悪の癌細胞がはびこっていったわけだ……

《銀河》の三等車は——あなたが坐れたのはまったく幸運だった——すでに横浜でほぼ満員だった。熱海ではさらに乗客がふえた、かれらは通路に立ち、すでに占領しつくされた座席とその占領者たちを憎々しげにみわたしていた。あなたの座席の肘掛《ひじか》けも、ちょっとした油断のあいだに、立っている乗客のひとりに占有されてしまった、あなたはその男のあつかましい臀《しり》の圧迫で窮屈になった……男はあなたのまえに坐っていた五十歳前後の女に話しかけ、女も関西風のアクセントで応じた。男は商用で上京したかえりに熱海に立ち寄ったという名古屋の商人だった、女は岡山の人間で、ある新興宗教団体の徽章《きしょう》を胸につけていた。やがて彼女は座席のうえに脚を折りたたんで坐りなおすと、商人にむかって信仰問答をしかけ、若い商人が偽悪的に反撥《はんぱつ》したのでますます熱心に弁じるのだった。あなたは眼をとじていた、あなたのまえに坐っているその信者はあきらかにあなたにもきかせる意図で説法をこころみていたのだから。眼をあけると、彼女は怒ったがまのように顔を膨らませ、眼には異様な光を、口もとにはあくまで優しい微笑をたたえていた、そして商人とあなたを、むしろより多くあなたを、妄信者《もうしんじや》特有の傲慢な憐みの顔でみつめていた……あなたはそのとき決心した、荷物を棚からおろすと、あなたは名古屋の商人と岡山の女信者とが不審げに問いかけるのを完全に黙殺して座席を放棄した、名古屋商人があわててその席を占領するのをみながらあなたは二等車に移っていった……

熱海を通過。熱海で停車するものとおもっていたのはあなたのおもいちがいだった、《第一つばめ》はまもなく沼津で停車するだろう……ドアのガラスのむこうに制服を着た人かげがあらわれる。ドアがあいて紺の制服の車掌と、白服のボーイが二人はいってくる、検札だ……車掌は帽子をとっておじぎする、「ただいまから乗車券ならびに特別急行券を拝見させていただきます」……あなたは黒革のハンドバッグから桃色の定期券入れをとりだす。切符はそこにいれておくのがあなたの習慣だ、あなたは長身のボーイに切符をわたす……

朝からあなたはほとんど食べていない、牛乳を一本飲みリンゴをひとつ食べただけだ、あのポ・ト・フの残りもとうとう手をつけずに捨ててきた……いま、あなたの胃袋はやっと空腹を訴えはじめたようだ、弱々しい訴えだが、いったんあなたがそれに気づくとそれはにわかに猛烈な空腹感となってあなたの意識を胃袋のなかにひきずりこもうとする。しかしこれはよい徴候だ、これまでの食欲喪失の結果不足しつづけてきた食物摂取量をこのさいとりかえすべきだ。食堂車の予約は一時だった、それまでつのる空腹をがまんしていることはあるまい……ビュフェでなにか食べることにしよう、サンドウィッチでも……あるいはビールを飲んでもよい、十一時まえごろにいって……

いまあなたの左隣の男は口をあけて眠りつづけている、老人によくあるだらだらと断続するうたたね、弛緩しきった眠り、あなたはそれが死に近い眠りのようにおもわれる。その恰幅のよい体軀《たいく》となめらかで血色のよい皮膚にもかかわらず、半世紀以上の活動でかれのあらゆる内臓器官は衰えているのだろう、いま、みかけの若さの下からにじみでてくる初老の男の愚鈍さに、あなたはサディストの憎しみをおぼえる……

この男のことを、あなたは、たとえばG氏と呼ぶことにきめる、その顔が大文字のGのイマージュにふさわしいからだ。

沼津。

列車がよく止らないうちからG氏は立ちあがり、幅の広いズボンをひきあげながら出口のほうへ歩いていく。きっとホームで買物をするつもりだろう、かれは食堂車の予約をしなかったのでここで昼食の弁当を買っておくつもりかもしれない。とにかく、G氏は敏捷《びんしょう》に行動しなければならない、停車時間は六十秒しかないのだから。あなたはひそかに期待する、かれが自動開閉ドアにしめだされ、愚鈍そうに口をあけてわめきながらホームにとり残されてしまうことを。

だがG氏はじきにもどってきた、発車のベルが鳴っているとき、かれの姿はすでに車内にある。もう安心だ、首尾よく弁当は手にいれた、とおもっているにちがいない。

窓から富士山がみえる。曇天の空の色と区別しがたい原野と山塊のかなたに、円錐形の白い山頂がそびえている、曖昧に、まるで実体のない虚像のように……あなたがこれまでにみた富士のなかでいちばん美しかったのは、数年まえの五月、かれといっしょに下りの列車からみたときの富士だ……嘘のように大きくひろがって聳えていたエメラルド製の楯、透明な青さと純白の王冠……だがいまの富士は小さく曖昧だ、そしてもうみえない、雪雲に塗りつぶされてしまったのだろう。

十時四十分。あなたは眼鏡をかけたまま立ちあがり、G氏に会釈してその膝のまえをすりぬけると、ビュフェのほうへ、列車の進行方向にむかって歩いていく。洗面所であなたはちょっと鏡にむかい、髪の線を指でなおす。それは女ならだれでもする鏡との宿命的なつきあいにすぎない、鏡はあなたを吸いよせるのだ……あなたは鏡にむかって愛想よく笑いかけてみる、愚劣なことだが、鏡も笑いかえす。いまではこんなことにもあなたは慣れてしまった、数年まえまでのあなたは自分の顔の透明さを誇りとしていた、しかしいまのあなたは自分の顔をよく磨かれた一枚の金属製仮面として扱っている、そしてそのうえに色を塗り、線をえがく……

まだ時間が早いせいだろう、ビュフェの客は少い、カウンターでビールを飲んだりハムサラダを食べたりしているのは四人、窓ぎわでは淡黄色の小さな頭をもったアメリカ人が二人、一人はコーヒー・カップをもち、一人はタバコをくわえて外の風景を眺めている。あなたはカウンターに腕をおくとビールを註文する、「それからチーズか、クラッカーのようなものを……」

ビュフェの電話室をみながらあなたはそれを利用することを考える。なんのために？　あなたには自分でもよくわからない、たぶんあなたの家へ——いや、父の診療所のほうへだ、電話をかけるとすれば。父は驚くだろう、あなたが《第一つばめ》で西へ走りつつあること、しかも旅行の目的についてあなた自身もうまく説明できないまま……それは父を不安がらせるだろう……

いったいどうしたことだ？　なにがあったのかね？　ミチヲくんが行方不明になった？　いつからだ？　なぜそれをあのときいわなかったのだ？　それでおまえはどこまでいくつもりだ？　……京都か……とにかくばかな真似はしないでくれ、着いたら宿を知らせるのだ、わたしもできるだけの手をうって、結果をおまえに連絡する……

あなたは唇のはじにかすかな自嘲の歪みをつくる。そしてあまりに長く電話室に釘づけにしていた視線をカウンターのうえにひきもどす、ウエイトレスの一人があなたに電話をかける意志があるとみて、眼をみはりあなたに話しかけようとしたからだ。

あなたは考える——かれはあなたから、あなたとの結婚から、そして解読不能な死語となってしまった《愛》から逃れて、どこかの地方都市のホテルで、なげやりに、だれとも知らない女を抱いているかもしれない……この空想はあなたを嫉妬させはしないが、充分あなたを魅惑する。もしあなたが小説を書くとしたら、そんな小説を書くだろう、おびただしい情事の砂漠を横切ってふたたびあなたへの愛をみいだす主人公の物語を……いささか陳腐な主題ではあるが、それはあなたの願望のなかに根をもっているのだ、いまのところその小説はあなたにとって自慰の形式にすぎない……《祈りの形式として文学を書くこと》……これはカフカだ、いつかあなたはノートに書きとめたことがある……

　左隣にいるのは若い恋人同士か、婚約者同士らしい、女のほうはあなたより一つか二つ若いかもしれない。彼女は代赭色《たいしゃいろ》のスラックスをはいている。すこし濃いファウンデーションで塗られた顔、褐色の鉛筆で延長され途中で眉毛からはなれて鋭く曲った人工の眉……彼女はそのむこう側にいる連れの男からビールを注《つ》がれ、右手を振る、「あら、もう飲めないわ」といったのだろう。そして頸をよじると、甘えるようなしぐさをまじえて男に話しかけている、いくらか酔っているらしい。男の掌は彼女の胴のうしろのいちばん細くなった場所におかれている、それは彼女をからかうたびにその胴をゆすぶる……あなたは彼女たちにならってハムサラダを註文することを思案する。いまごろになって、あなたの胃袋は際限もなく空腹を訴えはじめたのだ、朝からまったく食欲がなかったのに。

「お待たせしました」という声とともにあなたのまえにビール瓶とコップがおかれる、それからチーズ、クラッカー、ピクルスのはいった皿……まったく妙なものだ、こんなところで、こんな時間に、一人でビールをついで飲むということは……

ビュフェのカウンターにもたれ、チーズを突き刺した小さなフォークを皿のうえで回転させながら、あなたはコックやウエイトレスの肩越しに眼を放っている……ふとったコックの肩のあたりに灰色の山塊がみえる、暗い海にぼんやりと浮んで……おそらくそれは駿河湾で、あの曇天に溶けそうな山なみは伊豆半島の西側にちがいない……あなたはこのままあなたの家族や友だちから、そしてゼミや学校からもはなれていっさいの消息を絶ち、ひとりの失踪者として、海のみえる港湾都市のスラム街のなかにまぎれこんでしまうことを考える……そこであなたは住民票も身分証明書ももたない女浮浪人として生きることになるだろう、やがてひとびとはあなたを忘れ、あなたの名は戸籍からも消えるだろう、そのときあなたはこれまであなたが属していた世界で死亡する。あなたもまたあなた自身の過去、胎盤からつづいた紐のような時間を切りすててしまうだろう、かれも、愛も、すべての記憶を棄ててしまうだろう、あなたは別のあなたになって生きはじめるだろう……

「Comment allez-vous ?」あなたの耳もとで、低い、秘密の合図に似た声、反射的にあなたは顔をあげて、やはり低い声で答える、「Je vais trés bien, merci……」

あなたは一度きいただけで声の質や調子をよく記憶するたちだ、しかしとっさにあなたはおもいだせない、この声の主を……あなたはカウンターから身をおこして相手をみる。佐伯《さえき》だ、疲れたような眼をむけて微笑している佐伯だ……あなたはすばやく眼鏡をはずして右のポケットにいれながら微笑を返す、佐伯の唇が右に動き、唇の端にくぼみができる、それは皮肉そうな印象を与えるが、佐伯の癖なのだ、数年ぶりに会ったがこの癖はそのままだ、かれはほとんど変っていない……変っているのは、あのころいつもそればかりを着て教室にでていた茶色のグレンチェックの上衣《うわぎ》、かなりくたびれたあのツイードの上衣とはちがって、いまはグレイにダークグリーンのネップがはいったヘリン・ボーンのツイード、英国製らしい上質のツイードを着ていることだ。

「どこまでいらっしゃるのですか?」とあなたはたずねる、佐伯は左腕を曲げてカウンターによりかかったまま上半身をねじらせ、あなたの顔を正面からみつめながら、「京都まで」と答える。「わたくしも」とあなたはいい、顔に熱気がのぼってくるのをかんじる、あたしもというはずだったのにわたくしもといってしまった舌を口のなかで硬直させながら……佐伯は四十歳の男の横柄な声でコックにビールを註文する。「おつまみは？」——「これ」佐伯は顎を支えていた手首をひねってあなたの皿をしめす。

佐伯、かつてあなたの母のいちばん下の妹の夫だった、したがってあなたが叔父さまと呼んでいた佐伯、だがいまはかれとあなたのあいだには親戚関係もない、かれは三年まえ、ヨーロッパ旅行——とくにフランスには一年半以上滞在していたらしい——からの帰国とともにかれの妻、あなたの叔母と協議離婚したのだから。

いったい、フランスでどんなことがあったのだろう？　あなたとかれは、佐伯のフランス生活についてしばしば好奇心から空想をえがいたものだった、たとえば佐伯は何人かの amie を得ただろう、そしてセーヌ河畔の石畳うえや寺院のなか、城館のなかで、彼女たちを embrasser しているだろう……そしてその空想はあたっていたのだ、佐伯は孤独と倦怠に慣れしたしみ、それだけ好色になっていった、佐伯の好色的な資質については、あなたもかれもまえから一致して認めていたところだった。佐伯はパリやアルジエ、ベルリン、ローマを巡訪するうちにヨーロッパ文明圏の放浪者、どこにも属さない《異邦人》となったのだ、そして愛という絆からも解き放たれて、乾いた、しかし一種のけだるさを伴う情事をつづけていたのだろう……

だから、佐伯はフランス滞在中から、《世界》や《中央公論》に、あるいは《朝日新聞》に、アルジェリア問題について、フランスの知識人について、サルトルの印象について、ヨーロッパの精神的状況について、そして日本文化の伝統について、論文を寄稿し、このうえなく明快に語り、要約し、鋭い批評を放っていたが、あなたにはその乾ききったいくぶんペダンティクな文章とあまりに明晰な論理の裏に、不毛な情熱、日本をもフランスをも、およそ人間的なものを愛することのない異邦人の疲れきった情熱を嗅ぎつけていた。

あのむくみを帯びた顔、細い刺すような眼、睡眠不足のためかいつも充血しているあの眼、そしてあの乱れた髪から、あなたはそれを読みとることができる、いまもそうだった、いつもより多少丹念に整えられた髪をのぞけば……

「京都まで、なんのご用で？」といいかけてあなたは口をとざす、それは佐伯にとってはわずらわしい不審訊問にすぎないし、あなたにとってもなんの意味もない質問だから……学会？　それとも講演旅行かもしれない、一等車に乗っているとすれば、おそらく招かれて講演にいく途中にちがいない……佐伯はビールのはいったコップを両手で握ってゆっくりと廻している、佐伯がそれを空にしたときそのコップにビールを注いでやるかどうかについてあなたは思案する……たぶんあなたはしないだろう。それはあなたの自尊心の問題ではなく、あなたの審美癖の問題だ、あなたが非職業的な手つきでビール瓶をもつ図はたしかに感心できないものだ……

「京都までなにしにいくの？」佐伯はビールを飲みほすとあなたに質問する、あなたは狼狽して佐伯のビール瓶をとりあげ、そのコップのなかへビールを注ぎいれる。佐伯は男たちがよくする恐縮の身ぶりをしない、かれは黙ってコップをもちあげる……

「お寺へいきます、歩いたり、庭をみたりしに……あなたも？」

まさか叔父さまと呼ぶわけにはいかない、といって先生と呼ぶなど論外だ、だからあなたなのだ、《et vous-même ?》とでもいうところだ、しかしあなたの《あなた》はほとんど《toi》のように響いてしまった、つまりあなたはこの《あなた》によって若い娘が二十近くも年上の男にたいして、その男の情婦であるという理由で獲得しているような一種の対等な関係をうちたててしまったわけだ……佐伯は顔を顰《しか》めて、指先で髪をかきあげる、いつも乱れている髪をいっそうかき乱そうとするかのように。

「ぼくは講義ですよ」と佐伯はだるそうだが明快な調子で答える。「C大の講師でね、比較文学の講座をもっているんですよ。あすの十時からだけど、よほどの仕事でもないかぎり、いつもこの《つばめ》でいくことにしている……寺は、どこへいくの？」

「龍安寺、大仙院、孤篷庵、金地院、三宝院とか……三千院、寂光院……できたら神護寺や高山寺も」

「ぼくは三千院と寂光院にはまだいってないな、どこにあるんですか、大原のあたり？」

「ええ。ずいぶん田舎のほう」

「残念ながら季節がわるい。秋がいいでしょう？」

「秋か、五月のはじめでしょうね、でも、急に京都へいきたくなったので……」

「一人で？」

あなたはうなずく、「あなたも？」といおうとしてやめる……佐伯はあなたの婚約を知らないだろう、かれのことも知らないだろう……


あなたはもう数年まえのあなたではない、五年まえ、駒場で佐伯のフランス語の授業にでていたころのあなたではない……十九歳のあなたはタバコを吸わなかったし、ビュフェの窓にもたれてもからだの背面でそんな曲面を形づくることも知らなかった、ルージュを——ひいたとしても——いまのようにひきはしなかっただろう、それに《ケント》をはさんだ指をそんなふうにからみあわせることも知らなかったにちがいない……あなたの髪から背へとすべりおちた佐伯の眼が、長いあいだあなたの手にとどまっている、視線の糸を使って綾取りをするかのように動いているあなたの精妙な指の束、あなたはそれと知って動かしているわけではないけれども……

「京都で、また会えるかもしれませんね」と佐伯がいう、タバコの火を消しながら。あなたはうなずいて、微笑のなかに顔を溶かす、では au revoir だ、adieu ではなく……あなたはビュフェをでて八号車に帰っていく。

G氏に会釈し、かれがその両膝を通路のほうへ六十度ばかり回転させてくれると、あなたはすばやく自分の窓ぎわの席に腰をおろす。G氏があなたの横顔をみる、あなたはまた眼鏡をかける。さっき、佐伯のまえで眼鏡をはずした理由についてあなたは考えはじめる……ほとんど理由はなかったのだ、大して理由もなしにあなたは――軽度の近視だったが眼鏡を常用しなくてはならないほどではない――眼鏡をかけたりはずしたりする……いや、それは嘘だ、もっとちゃんとした理由があるはずだ……

眼鏡の効用について、あなたはよくふざけてこういった、「どう、こうすると十五パーセントくらいインテレクチュアルにみえるでしょ?」――するとかれはいった、「べーゼの邪魔になるけど、きみの顔は十五パーセントくらいエロティクになる」

むろん、そんなこともあなたとかれとの習癖となっていたことばによる愛撫にすぎない、ほんとうは、あなたは眼鏡によって世界を遮断しようとしている、二枚のレンズはあなたの肉眼を他人の視線から守るための楯、他人にたいしてよそよそしく儀礼的であるための道具であるはずだ。

だからあなたは佐伯のまえであわてて眼鏡をはずしたのだ、まるでそれが非本来的なもの、卑俗な装飾であるかのように、なんのためらいもなく、あなたはそれをはずしてスカートのポケットにおしこんでしまった。あなたはそれが親しみをそこなう代物《しろもの》であるとおもっていたのだ……佐伯にたいするあなたのかすかな媚態、あなたは肩をすくめる……

ビールの酔い、腹のなかの熱い塊、そして綿のようにあなたの全身を包む痺れ……あなたは次第に睡魔のやさしい手に抱擁されていく。

静岡通過。

《銀河》で京都にむかっていたあのときは、静岡で真夜中だった、列車は五分ほど停車した……車内が蒸し暑かったのであなたはホームにおりてみた。雨が降っていた。十月初旬のなまあたたかい雨の夜だった。屋根がとぎれるところまでいくと、雨はそのなめらかな舌でホームを濡《ぬら》し、線路の砂利や架線の鉄柱が雨のヴェールのなかで光っていた。あなたは手押車で押していく鉄道弘済会の販売人とすれちがいながら、猫のように胸や背を屈伸させてのびをした。販売人はあなたをちょっとみてだるそうな声をあげた。丸い扁平な容器にはいった山葵漬《わさびづけ》が車にうず高く積みこまれていた。車内の乗客の大半は口をあけて、浅い窮屈な眠りをむさぼっていた。販売人が遠ざかると、真夜中の静寂が駅の構内を支配した。だがまもなく発車を告げるベルが、あなたにたいする警告のようにけたたましく鳴りひびいた。

そんな暗い雨のなかを夜行列車が京都の朝にむかって走りつづけていたときも、あなたの内部にはまだ充分なエネルギーが蓄蔵されていた……想像的な死に突撃して当然の失敗を経験したのち、あなたはすでに愛の苦痛には免疫性を得た恢復期の病人として、徐々に活潑《かっぱつ》に生きはじめていたのだ。京都に帰るとあなたは受験のために本気で勉強するつもりだった。かれのことにかんしては、あなたはもはやかれにたいするあなた自身の蜘蛛《くも》の糸に似た想念に悩まされることはなかったし——あなたがかれを愛していることは確実だった——かれとの関係も、あなたが生活を建てなおしていくうちに、もっと現実的な場に移されて好ましい形を整えていくだろうとおもった。あなたはすこしずつ自信を恢復しはじめていた、病人がその体力とともにすべてをとりかえすように。

けれどもいまのあなたは着実に肺の実質を喰いあらされていく結核患者のようだ、稀薄な血の溜った絶望の空洞が大きくなるばかりだ……決定的な相違は、あのときにはかれの存在がたしかだったのに、いまはかれの存在が疑わしいということ、いや、かれが存在の神殿から消えさってしまったことが確実だということ……そこであなたは、あなたの愛のなか、古い手帖のような過ぎさった愛のなかにかれを保存しようと努めているのだ、そのためにあなたは京都へいこうとしているのだ……

要約すること……あなた自身を、あなたの存在を、過去を……あなたの愛について、その破綻の原因について……

女であるのではない、女であると宣告されたので、その宣告をひきうけるために女であることを演じているだけなのだ、という原則にあなたは固執する……その宣告をうけるまでのあなたはかわいい子どもにすぎなかった、女でも男でもない、あの柔かな存在だった、絹のような肉にくるまれた子どもとして、あなたは世界の胸から祝福の乳を飲んでいた。しかしそれ以後はすべてが変った、あなたはとつぜんの変態のあとで別のあなたになってしまった、世界との和合も破れて……そのときから世界はあなたの他者、悪意の執行吏であるあの他者となった……

はじめてあなたに血が訪れたのは十二歳の夏のことだった、それは世界があなたを強姦したその傷口から流れだしたあなたの恥のしるしだ、それがあなたを女にする刑の執行だった……

八月のある午後、満潮の近い海、膨んだ海、太陽のまきちらす白いきらきらした破片におおわれて伝説的な巨獣のようにその腹を波うたせていた海……真昼のさなかに、世界はどうしてあんなに暗かったのか、どうしてあの風景は銅板に彫りつけられた幻想に似ていたのだろう？　近づいていたもののわるい予感……あるいはあなたの体内に膨れあがってきた重油のような海と暗い血の潮流のためだったかもしれない……人かげのない海辺で、あなたは従妹たちからはなれて一人だった、貸別荘からずっと遠い磯で。鶏冠を並べたような岩礁もほとんど波に隠れていた、あなたは自動車用のチューブをかかえ、波に押し流されそうになりながら泡だつ岩のあいだをのぞきこんでいた、海胆《うに》や小蝦《えび》をみつけようとして。ときどきあなたは陽に熔けかかる髪を海水で濡した。やっとみつかった獲物、たしかにあれは小さな海胆だった、しかしたちまち波がそれをさらった。

ふいに空罐を叩きやぶるような喚声があなたに襲いかかった、顔をあげたとき太陽は黒い円盤にみえた、螢光塗料で光る夜の時計の文字板に似ていた……波うちぎわに群がっていた十数匹の小鬼たち、陽に輝く銅色の胸、細い、昆虫じみた四肢、腰のまわりをしめつけている赤や白の布……かれらはとつぜんあなたのまえに派遣されてきたのだ、蛮地の奥から不可解な悪意をもった文明の殺戮者のように……あなたは包囲されていた、逃げることは不可能だった……異形の小鬼たちが口々に叫びたてる理解しがたいことば、別荘の子、東京の子、とあなたは定義されていたのだ、それがかれら漁師の子たちの告発だった……あなたは黙っていた、自分を弁護するための舌を抜きとられた罪人のように。いったいなにを抗議することができただろう、卑猥な喚声と罵りに似た方言のなかで、あなたのことばは戦闘力を失い舌の下にはいこんでしまったのだから……あなたの眼も死んでいた、そして硬直した顔のうえには、いぶかるような、愛らしい、少女の微笑、逃げ場を失った微笑が欺瞞的にただよっていたにちがいない、罠にかかった人間がだれでもうかべるあの笑い……あなたは立ちつづけていた、濡れた暗緑色の水着をまとい、震えながら……やがて少年たちの蟹の鋏よりも不気味な手が、あなたをひき倒した、あなたは棒のように倒れた。そのとき、透明な少年の声が不浄の刑吏たちを制した。都会生まれの白い少年だった、かれは公正な裁判官のように岩かげから出廷してきたが、じつはこの少年こそもっとも卑劣な検察官だった、威厳と高慢さをそなえた調子でかれは子分に命じた、「いいか、その子にさわるな」……そしてあなたにむかっていった、「自分で裸になるんだ、さあ、ぬげよ、さあ……」

なぜあなたはかれにこのことを告白したのか？　……いまとなっては理由は簡単だ、あなたは恥の色に輝く秘密を餌にしてかれの愛を釣りあげようと計ったのだ、自分でも気づかない愛するものの狡智に教えられて……

……口蓋にくっついてひりひりすることばの残骸、死んで、塩漬けにされてしまった舌……だが錯乱のあまりあなたは異常な冷静さに達していたのかもしれない、あなたは賢明にも恥をすすんでひきうけることを選んだのだから。腕を背にまわし、からだをよじると水着の紐がはずれた、それからあなたは海藻のように皮膚に粘りつく布を剝いでいった、それは掌のなかに丸めながら脚からとりさった……砂のうえに倒された裸身の《Y》の字、あなたは《Y》の字形をみるとき、いつも特別な意味を掘りおこす……脚をひらいてその字の形をとることを命じたのはあの少年の変声期の声だった、あなたはもっとも無防備な姿勢をとらされていた、からだをおおうためのどんな動作も剝ぎとられて。それは眼による強姦だった、あなたのひらかれた脚のあいだに集る少年たちの眼、あなたを刺しとおす灼けた串、熱い恥辱の痛み……音のない、長い時間ののち、少年たちは狂ったように笑い声をあげ、執拗な輪唱ではやしたてた、足を踏み鳴らして、あなたのかすかな発毛について卑猥なはやしことばをわめきながら。そのときあなたの眼が記憶したのは濃い空、あまりにも明るくて暗黒に似た夏の空だった……

「そのとき、あたしは自分が女だということを知らされたの」とあなたはかれにいった、はじめてかれの勉強部屋を訪れた日、この受難劇を告白したあとで。

それからあなたは砂のうえに腹ばいになって、裸のまま、苦しい嗜眠《しみん》状態におちた……受難のとき、砂に磔《はりつ》けられ背にいっぱいの太陽をせおった受難のとき……あなたは砂に指をつきたてて身悶えしていた、この熱い喪心からはいだそうとして……あなたがめざめたとき、世界はすでに大きな翳《かげ》におおわれ、海は岩礁をむきだして沖にしりぞいていた。口のなかの砂を吐いた。背中がひどい火傷《やけど》のように痛んだ。ぬぎすてられた水着は塩と砂をふくんで乾き、昆布のようにこわばっていた。西の水平線の極度に膨れあがった太陽とむかいあったとき、あなたは嘔きけをともなう悪寒をかんじた……

別荘に帰りつくと、あなたは痛ましい背中をみんなにみせて、惨憺《さんたん》たる午睡の報いについて語り、子どもらしくない不自然さでけたたましく笑いこけた。母は少しも笑わなかった、そしてどこでなにをしていたのか、ひどく心配していたのだといい、あなたをなじったが、あなたはそのお説教を神妙にきいていた、むしろ上機嫌で……そのときからあなたはもうあなたではなくなり、仮面をかぶってあなたであるふりをすることに熟達していったのだ、自己ということばさえもあなたにとってはあなたと仮面とのあいだの隙間、空虚な回路を意味するにすぎなくなった、あなたはそのときから実質を失ってしまったのだから。

そしてその翌日だった、あなたが最初の血の訪れを迎えたのは……前日の凌辱につづくこの事件はあなたにとってたんなる偶然ではなかった、あなたはかんじていた、この符合は刑の宣告とそれにつづく執行という意味をもつのだと。そして刑の執行のあいだ、あなたは虚脱の口をひらいた陋劣《ろうれつ》な囚人だった、あなたの口からゆるやかに流れでる血、それを制御することのできない流血だ……なによりもそのことが、女であることを——

意に反することではあったが、あなたが女であることを、告知していたのだ。あなたは、まるで便意を催していながらどうすることもできない無力な幼児のように、蒼ざめ、硬直していた。だれかに、たとえばあなたの母に、すべてを告白して処置をまかせるべきではなかったか？　だがそんな考えかたはあなたには無縁だった、もしあなたがうちあけたなら、母はめでたく一人前の《女》になった娘のまえで物わかりのいい保護者として、共犯者として、うなずくだろう。「とうとうやってきたの？　びっくりしたでしょうね、でも心配することはないのよ。おめでたいことですからね。今夜はお祝いしましょうね」……世間ではしばしばこうして女になった娘を祝聖するほどだ、ときにはおこわを炊いたりして。しかしあなたはそんなまやかしの祝聖を望まなかった、事件はあなたにとってはこのうえなく恥しい腐刑の執行にほかならなかったのだから。あなたはそこであらゆる配慮をつくしてあなたの初潮をひとびとの眼から隠そうとした……その夏の貸別荘は広かったので、あなたはたくさんの宿題をしあげることを口実に、ひとりきりでいられる部屋をもらった。それは長いあいだとざされていた陽のあたらない洋室だった。久しく人間の手で愛撫されることなく仮死の状態にあった古い家具が、陰湿な匂いを放ちながらあなたのまわりで蠢《うごめ》きはじめた。いとこたちはあなたを威《おど》かした、「お化けがでるわよ」——「怖くなんかないわ」とあなたはいった……たしかにそのときはふしぎな勇気があった、あなたは女にされてしまったあなたの存在を、ひそかに聖化しようと決心していたのだ……波の音が荘重なオルガンのように鳴りひびく深夜、あなたは呪いをこめて、みえない祭壇を築く、すると部屋は魔神の神殿に変貌する……魔女の歯と殉教者の眼を光らせ、あなたはあなたのまえに、生贄であるあなたをさしだす……ある工夫によって、あなたはあなたの秘密にみちた部分を鏡のなかにみることができた……それは穴だった、醜悪だが魅惑的な花の形の烙印だった、世界がその歯によって嚙みとった傷口だった……あなたはあなた自身の穴に嫌悪をかんじたとはいえないだろう、ただそれはけっして慣れることのできないものだった。その穴は薔薇色の内壁をもち、あなたの不気味な内部を開示していたこの凹型の存在、これが女なのだ……あなたはあなたの映像のうえに、おぞましい姿勢でうずくまり、狂女のように眼を光らせながら智恵をしぼった。おそらく、負けるが勝ちという原則こそ、もっとも狡猾な戦略でありうるだろう、そこであなたは呪文のようにいった、あたしは女だわ、あたしは女になろう……つまり女であることを演じなければならないのだ、とあなたはおもった、それでいい、それ以外にあなたの復讐と解放はないのだ……あなたは微笑を浮べた。

全身に麻痺性の疲労が網を張りめぐらしている……だがこの疲労は病的なものではない、病気のまえの熱っぽい疲労、あなたの表面を過敏にしあなたの奥ふかいところに根をはっていくあの悪性の疲労ではない、いまの疲労は一夜の熟睡で追放することのできそうな疲労だ……あなたは安心する、そして旅行鞄のなかにポポンSやグロンサン、それにシロンまで待機していることをおもいだせば、さらに安心できるというものだ。

……その後数日のあいだ、夜になるとあなたは悪魔の顔で自分のからだを調査した、まるでピクニックにでて未知の風景を眺望するときのような熱心さで。だがあなたはけっしてその奇怪な風景に慣れることはなかった、そのかわりに熟知することが——それは慣れることに似ているので——あなたに一種の安堵をもたらした……やがてあなたは自分の身体に通暁した、そしてあのもっとも精巧な部分を弾奏して自らを慰める技術にも。

あの夏は終りに近づいていたが、輝く海と砂と太陽はまだあなたのまえにあった。それが八月の最後の日曜日にあたるある午後、海は家族連れや若い男女のグループでそれまでにない賑わいだった。颱風《たいふう》の接近が報ぜられていた、空気は湿りを帯び、波はなまぬるかった。あなたは母の警告にもかかわらず、かなり沖まで泳ぎでた、そして巨獣の腹のような、ゆるやかにうねる波にからだをのせ、めまいを伴う性的なエーテルにひたされていた……そのときだった、エンジンを止めて漂ってきたボートのなかにあなたが厳粛で淫蕩な裸体の抱擁を目撃したのは……

あれが愛の行為だったのだ、あの淫祠《いんし》をまえにした非常識にゆるやかな祭礼の踊り、あの愛撫の献納が……あなたは憶えている、舟べりをたたく魚のような音、不吉な鳥の声に似た嬌声、死の翳におおわれた小さい叫び……もう舟のなかの恋人たちはあなたからみえなかったが、あなたはかれらがあいしあい、饗宴を終えたのを知っていた。やがてかれらはエンジンの轟音と泡だつ白いレースを残して去った。あなたがはじめて嫉妬をかんじたのはそのときだった、だれにたいしてともわからずに……あなたは世界にたいする深い怨嗟《えんさ》でいっぱいだった。興奮の涙と塩水でひりひりする眼をみひらいて渚に泳ぎかえると、あなたは恋人たち、愛の行為で結ばれているらしい男女の組を探しもとめて砂のうえを歩きまわった……あなたは感知した、男たちがその妻や恋人を堂々と領有するものであることを。

頸をつらぬき脊椎にたっしている真鍮《しんちゆう》の串に似た疲労……それはあなたが考えごとに熱中して不自然にからだを硬くしていたためにいっそうひどくなったようだ、もっとからだを楽にしなければならない、もう少し腰をふかくかけなおして……

島田を通過する、右手に工場の塀にそって落葉したポプラがつづいている、やがて大井川の鉄橋だ、薄い褐色をした河床の砂利がみえる……冬の渇水期の河、浅い、病んだ河……大井川を渡ると左の丘陵はみごとな茶畑だ、まるで密集した緬羊《めんよう》の群れだ……

あなたがはじめてラヴ・レターをもらったのは中学校にはいった年のことだった。そのころあなたは——あなた自身の判断によれば——美しくはあるが中性的な少女、女であるとみえない少女、知的で狡猾きわまる演技力をそなえた贋物の王女だった、そこであなたは声変りまえの少年たちのあいだでも非常な人気を博していたが、かれらは少女雑誌の表紙でにっこり笑っている少女歌手をみるようにあなたのイマージュをめいめいで再生し、そのあなたに恋したのだ。あなたはたくさんのラヴ・レターをもらった、差出人の名もおぼえきれないほど。そしてかれらの多くをあなたは知らなかったが、かれらはあなたを知っており、あなたに恋を告白していた、つまりあなたは背後からかれらにみられていたのだ……だからあなたはあなたのうしろにいて、自慰行為にでもふけるように、臆面もなく恋の告白をこころみる少年たちを憎んでいた、かれらはまるで世界の壁いちめんに植えこまれ勃起してあなたを狙っている無数の性器だ……あなたはそのイマージュ、あまりに猥褻なその奇観に息をつまらせた。

数年後、あなたは山手線の満員電車のなかで、無名不特定の男、男一般であるような男たちに手を握られ、胸にさわられ、失業者風の男から——とあなたはあとでおもいあたったのだが——スカートに射精されたことさえあった、それがあなたと世界との関係なのだ、根源的に……あの痴漢と、その対象としてのあなたとの関係……

だがすでに十三歳のときからあなたはこの関係について、完全な診断をくだしていた、人間世界と女との関係、もっともしばしば愛ということばで呼ばれるあの関係の意味を、あなたは知ってしまった。

教室であなたと机を並べた少年たちはなぜ例外なしにあなたに手紙をくれたのか？　なぜかれらは稚拙な修辞法とまちがいだらけの文章によってあなたにたいする愛を射精したがるのか？　あなたはすぐにうんざりしてしまった、そしてこの種の手紙の処理をいっさい父にまかせた。父は健康保険の請求書を作成するのとおなじ几帳面さで、それらの手紙を開封して赤インクで誤字を訂正し寸評を書き加えたうえ、差出人に送り返してくれるようになった。そしてある日、あなたの父が区の歯科医師会の宴会で遅くなったので、あなたは偶然一通の手紙を自分の手で開封してみた。それは未知の高校生からの恋文だった。そのなかにはオランウータンのような顔であなたをみている差出人の写真、そして数本の毛がはいっていた、白い毛根をもつちぢれた恥毛、かれ自身の恥部から抜きとられた毛が。そのうやうやしい贈物はあなたを笑わせた。文面によればそれはかれの愛のしるしなのだった、その類人猿は狡猾にも、あなたに猥褻さを露出してみせることによって、あなたの嫌悪を通じて、あなたを自分に結びつけようと企んでいたのだ。だがあなたがこの策略をみぬいたので、すべては無効だった、この男がオランウータンではなくてジェラール・フィリップだったらあたしは愛したかもしれない、とあなたはおもった。あなたはあなたに捧げられた異様にまじめで幼稚な求愛の詩――それは七五調の定型詩だった——を読むとおもわず噴きだし、封をしなおしてその手紙を父の机にのせておいた。父の激怒と母の狼狽はあなたが予期したとおりのものだった……

G氏が弁当を食べる決心をしたようだ、かれは膝のうえで、さっき沼津で買った弁当の包装を解いている、まるでこれから公衆の面前で軽犯罪を犯そうという決心でもかためたかのようだ……かれは隣のあなたを気にしているのだ、あなたがいっしょに駅弁を食べるとG氏ももっとくつろいだ気分で食べることができるだろう。だが通路をへだてた四Bでも老婆がすしの折をひろげはじめた、G氏はそれを横目でみていくぶんほっとする、共犯者ができて心強いという気もちにちがいない。

少女時代のあなたは変声期の少年たちを好まなかった、かれらはその存在そのものが充血した性器よりも卑猥にみえたから、しかもかれらはあなたに愛されたがっていたのだから。かれらを愛する——その考えはそれだけであなたを笑わせた。じっさい、そのころのあなたはよく笑った、笑いながらあなたはかれらを精密に観察していた。ことばの切れめごとにあの卑猥な《よう》を連発せずにはしゃべれない少年たち、知的な領域ではあなたよりつねに劣等だった少年たち、かれらもいまは大人になっているが、それはぶざまな性器が背広を着、ネクタイをしめただけのことだ、あなたはふかい侮蔑とともにそう考える。かれらはますます自分がみえなくなり、上役に阿諛《あゆ》を並べ、そのぶんだけ女にむかっては自分の社会的地位を自慢するだろう、所属者として語ることが板につき、偏見と無恥で厚くおおわれた包茎的存在となってしまうだろう、それが男というものなのだ、とあなたは考えていた。男になりつつある少年たちの汗と髪の毛の匂い、運動靴の臭気、そして猥雑な喚声にとりかこまれたあなたの少女時代を通じて、あなたはその信念を育ててきたのだ。

喜劇を、それと知っていながらもっとも巧妙に、典雅に、演じる才能をもっていること、それが男たちの質を判別するためにあなたのたてた原理だった。

するとあなたの共演者はかれ以外になかったのだ、最初の出会いの最初の一瞥《いちべつ》であなたが感知してしまったように。

単調で平穏な遊戯、ガラス張りの独房のなかから外界を入念に眺め、虚構の世界を歩きまわることからなる遊戯、少女時代から現在にいたるまで、それがあなたの生活のすべてだったといえるだろう、それ以外にあなたはなにをしたのか？　いや、あなたにとってそれは生活の喪失を内容とする生活だった、そういったほうが適切なくらいだ、あのバヴァロアのような家のなかの、甘い、監禁された生活……だがあなたはあなたのまわりに充満している生活をごきぶりのような貪欲さで喰いあらして穴をつくっていた、その穴のなかにとじこもってあなたは、自分の溶かした世界の汁を審美者風の舌でなめまわしていたのだ……

あなたは美術館の子、ことばの海を泳ぐ魚、イマジネールな繭に封じられた虫だった……

生活をすることではなく、生活をみること、創られた生活、贋物の生活を……

そしてあなた自身も嘘の生活を創りはじめていた、あの十二歳の夏の事件からのち……あなたは日記を書きはじめた、嘘を書くための文体の練習としての日記……日記を書くためにあなたは生活していた……

やっとG氏の昼食が終った、かれは沼津で買ったお茶を飲もうとしている。無造作に注ごうとしてはズボンにこぼす、あわててハンカチをだして膝にひろげると、今度は用心ぶかく通路に身を乗りだして素焼のコップに注ぐ。G氏が一杯目を飲んだところであなたは立ちあがり、「失礼します」という、G氏はびっくりしたような顔をあげ、膝を通路のほうにずらす……さっきからあなたはG氏の食事がすむのを待っていたのだ、ビールのためににわかに増大しているあなたのなかの水分を放出する場所にいこうとして。

ちょうどいま、《使用中》をしめす赤ランプが消えたところだ、あなたは少し膨張したらしい足がパンプスにしめつけられて痛むのをかんじながら、扉の外にでる。

フランスではこの小室のことを《cabinet d'aisance》という、つまり気楽にする部屋だ、しかしあなたにとってはなによりもひとりになる部屋、いわば《cabinet de solitude》だ……この特急電車の《cabinet d'aisance》は他の列車のそれにくらべると格段に気もちがよい、少々動揺がはげしいことをのぞけば考えるための場所にもなる。

こうしてあなたは実体のない人間に成長してきたのだ、あなた自身それを目的としながら……あなたは肉体というものを信じない、できることならそんなものはないほうが好ましい……あなたの肉体、あなたの自由の固体化、あなたの場所、それによって世界との関係がうちたてられる座標軸、だからそれはあなたにはひとつの呪いにひとしかった……

洗面所であなたはまた鏡をのぞきこむ、湯と水をだして手を洗いながら……

あなたがいつまでも十二歳のままではいなかったこと、身体が大きくなり、肉がつき、変形し女の身体になってしまったこと、それもやむをえないことだ。あなたは鏡のなかのあなたを微笑させる……たとえば世のなかには異様に個性的な魅力というものがあるらしい、だがあなた、この物質の塊はそういう妖しく挑発的な性質とは無縁だ、あなたの容貌には個性的なところなど少しもありはしない、すべての部分が堅固な均斉に達していることから、それはひとつの仮面に似ているほどだ……この外形はあなたがえがいていた設計図と寸分のちがいもない、あなたはいわばあなたのイマージュのままに身体を彫刻しながら成長してきたといえる、そしてこれがあなたにとって美なのだ、この抽象的で空虚な美、他人の眼はこれを容易に愛撫することができないだろう、他人のまなざしはあなたの表面をなめらかに滑り去ってあなたを捕獲することができないだろう……これは贋の肉をまとった肉体だ、能面に似て、千変万化する仮面だ、あなたが女であることを演じるための……

あなたは紙コップをひきぬくと飲料水の容器から水をだしてみたし、口をすすぐ、これで口のなかがすっきりしたようだ、あなたは車室の扉をあけ、自分の席に帰っていく。G氏が珍しそうにあなたをみつめている、正面からあなたをみる機会だからよくみておこうとでもいうふうに……

はじめてかれの部屋をたずねたときのことだった……

「あたしを今日このお部屋に招待してくださったのはなぜ？」

「きみと契約を結びたかったからさ」とかれはいった。あなたは即座に賛成した、どんな内容にしろ、かれと契約を結び、双方の意志をいくらかずつだしあって共同管理するという考えはあなたを夢中にした。「ぼくたちのあいだでは、おもっていることを、相手の要求があり次第、なんでも話すこと」

「おもしろいわ、あたし、なんでもいうわ。あなたもあたしになんでもいう。ただし、あなたもあたしも、おたがいの告白を信じるかどうかは勝手よ」

「もちろんさ」とかれは嬉しそうにいった。「信じたふりをすればいい、それは、きっとできるとおもう。ぼくたちはあの晩以来、ぴったり息のあった共演者だからね、あの、きみがぼくにキスした晩以来……」

「ずるい。あなたがしたじゃありませんか。でもいいわ、あたしもあなたが気にいっちゃったの。これ以上の共演者はいないとおもってる。ねえ、あなたとあたしは、とてもよく似ているとおもわない？」

「似ているだろうな、きみが女だということを除けば」

「……あたしが女かしら？　なぜそうおもう？　さあ、よくみて。ほらね、あたしが女じゃないような気がしてきたでしょう？　じつはあたしは女じゃないのよ、ただそのふりをしているだけなのよ」

「ほんとだ」とかれはいい、眼をぱちぱちさせてあなたの魔術にかかったふりをした。

「……ほんとだ、ぼくはきみのことを女の子だとおもっていたけど、そうじゃないかもしれない、第一、きみはいつも踊っているみたいで、つかまえられない。瞬間ごとに女であったりなかったりしているのだ、たまたまきみは女の役をやっているだけなんだ」

それにつづく告白ごっこはかなりばかげていた、それはどんなことも隠さないという契約を、わざと、性急に履行してみたにすぎなかった……要するにあなたがたは愛の告白と大胆な自己暴露とを混同していたのだ。あなたはかれのまえに椅子をひきよせると反対むきにまたがり、椅子の背に顎をのせていた。かれは真剣な顔をして待っていた、まるで餌を待つ小鳥のように唇をひらいて。

「あたしの病気、なんだったか、あててごらんなさい。教えてあげましょうか？　お客さまでした……つまり、わかるでしょ、あたしたち女の子はそんなふうに呼んでいるのよ、ボンジュール、お客さま、って。ところが、あたしのお客さまはとても意地悪でひどいの。それで、あたしもお客さまをある程度コントロールしてやるの……都合のわるいときはこさせないようにすることができるのよ。たとえば、このあいだの試験中なんかにはこさせない。だから、あたしのお客さまは周期がめちゃくちゃで、いったんやってくるとそれだけひどいのね。キミなんか、男だから、わからないでしょう、そのときあたしがどんな状態かということ……血が流れていくの、いくら命令しても、あたしの自由にならないで、勝手に……想像できる？　そんなとき、胸に砂漠ができる。ライオンやラクダの好きなあの砂漠、自分でも見当がつかないくらい広い砂漠……あたしは淋しい獣みたいに、人間をみると嚙みつきたくなる。だって、世界中が、あたしを女だといって呪っているんですもの」

それからあなたは、憑かれたように眼を輝かせ、妖しい抑揚にふるえる声で、あのいまわしい屈辱の経験までも語りはじめたのだった、あの十二歳の夏、八月の海でうけた刑の宣告と執行のことまで……

かれは謎めいた眼を猫のそれのように細めた、「ぼくも告白する」といいながら……「はじめてきみにあったときから、ぼくはきみを犯している、M……という儀式のなかで」

あなたはそれはなにをさすのかとききかえした、するとかれは頭文字にMがついてｔｉｏｎで終ることばを考えてもわからないのか、といった……それは《masturbation》のことだった、それからあなたがたのあいだでは《M》という名詞や《Mする》という動詞が隠語として用いられるようになった……

「……幕があがる、時は夏で、舞台は海。きみもぼくも裸だ、ぼくはきみを腕のなかにとじこめて、波のリズム・セクションにのせて愛の呪文をささやく――これはいつもアドリブだよ――するときみは重たくなる、表面はひどく冷たいけれど、ぼくにはきみの胴のなかが太陽よりも熱いことがわかる、だからきみのなかにはいっていきたい。きみのなかには海もあるにちがいない……いいの？　ときみの耳にきくと、かならず首を振っていやいやをする、承知のしるしに……そこでぼくはきみを岩のあいだの砂に横たえる。ぼくは陽に灼かれて硬くなっているのに、きみは陽に融けて柔かくなっている……そしてぼくがきみにYの字の形をさせると、きみは口をあけて待っている、そのときぼくは……」

「待って」とあなたはかれの口を軽く掌でおおった。「もういいの。あたしのなかにはいってこないで……それよりあなたはどうするの？」

「ぼく？　…… ejaculate するのさ」

「あたしに？」

「そう」

「それはどんなふうにしておこるの、どんなものなの？」

あなたは無邪気な厚かましさで追求した、そのときはまだそのことばだけしか知らなかったからだ、かれによってそれを教えてもらったのはもっとあとのことだった……

「ejaculate した瞬間にぼくはもううんざりして積分の公式を考えはじめたりしている。なにもわるいことだとはおもってないけど、まったく恥しくて滑稽で、胸くそがわるい……きみは猿がMするのをみたことがある？　やつらときたら、人間が見物していることがわかると、ますます大っぴらにやってみせる。でも猿には想像力というものが欠如しているのだろう、ところがぼくときたら想像力をこすってMしているわけだ、他人と関係を結ぶかわりに、夢のなかで他人と関係するために自分のアラディンのランプをこするのさ……儀式が終ったとき、もうひとりのぼくがみじめになったぼくを眺めていることに気がつく。これはやりきれない。そのみていたぼくをひきずりだして、ぼくはもう一度Mの儀式をはじめるほかはないのだ……」

「かわいそうに」とあなたはいった。

「きみはこういうことをしないの？」

「しない。でもしないから猿よりもりっぱだとはかぎらないわ」

「なぜしない？」

「形のちがいなのよ、きっと」


そのころのあなたにかんしては、それは嘘ではなかった、だが一年のちの夏、京都で、牧子とおなじ下宿に移ってから、あなたは《Mする》習癖を身につけてしまった……だがあのとき、あなたはかれに身をまかせるという空想のうちに快感を発掘していたとはいえないだろう、かれに身をまかせているのはあなたではなく他の女、かれの新しい恋人だった、あなたはこうして裏切られているという空想に魅惑されていたのだ……その女がかれに犯され、服従するという構図をあなたは偏愛していた……あなたは強姦者、征服者、サディストであり、同時に、裏切られる女、恋人が他の女とあいしあうのをみせられる女、マゾヒストでもあったわけだ、そして最後の瞬間にあなたはかれが犯している女といれかわってかれのものになってしまう……だがこの繰りかえし用いられる構図のなかでは、じきに想像力が生気を失い、あなたはまもなく《M》をやめてしまった……

あなたとはちがって、男にはあの凸型の、充実した肉の柱、想像力をよびおこすあの魔法の杖がある。男のばあい、《M》はかれのエゴを強大なファロスの形に充血させ、全世界をその棒のさししめすところの対象、他者、女として、想像力の唾液でねりかためてしまう。男はそのエゴを握って他者の征服にのりだす、かれは進撃する、想像上の女はかれに媚態のかぎりをつくしてかれをあいし、かれに身をまかせる……しかも《M》においては、男はじっさいの性行為におけるよりもはるかに自由だ、かれはその手で、かれのエゴを道具のようにとりあつかう、想像的な世界はかれの手のままに堂々とした陽物の形を与えられ、ついに猛烈な射精となって排泄されてしまう、そして完成だ、《M》の完成、同時にあの幻術のみじめな終り……

京都で、馬町に下宿していたときだった、五月の日曜日の宝石のような朝、あなたは物干台にあがって洗濯物をほしていた。すぐまえの正林寺の塀のうえに三十四、五歳の男がいるのにあなたは気づいた、かれはあなたにみられていることを知ると、立ちあがり、ズボンをおしさげて、黒々と輝く茸形《きのこがた》のファロスをとりだした。そしてはじまったのは堂々とした、醜悪で荘厳な自慰行為だった、男は歯をむきだして笑い、唸り、よだれをたらしながらあなたにむかって瀆聖《とくせい》の儀式をみせていた、次第に血の色を帯びてくるファロスを捧げもって……あなたが身を隠すと、変質者はあなたの下着類を眺めながらそのオナニスムをつづけるのだった……

《第一つばめ》はいま海と湖の境を快適なスピードでかけぬける、灰色の水面に影をおとしている黒松……浜名湖らしい、すると浜松はすでに通過してしまったことになる……もうすぐ豊橋だ、しかし《第一つばめ》は名古屋まで停車しないだろう……あなたは手をうしろにまわして時刻表をとりだす。名古屋着は十三時十二分となっている、たぶんそのころあなたは食堂車でテーブルについているだろう……


「考えてごらんなさい」とあなたはいった。

「いま、この瞬間にも、世界中の男たちがあれを手に握ってオナニスムの儀式に夢中なのよ。それをおもっただけでも、ほとんど気が遠くなりそう」

「世界中がその林立する煙突から聖なるザーメンを吐きだしているのさ。なんともグロテスクで滑稽な光景だ」

「それを考えただけでも、すべてがばからしくみえてくるわね」

「すべてが？」

「神も人間も愛も……そして世界の意味も」

「もちろんそうだ。それは大したシニスムでもないね。人間とはオナニストなんだし、きみもぼくも例外ではないさ」

「オナニスムとは人間であることとの恥辱みたいなものさ」とかれはいった。「ぼくはもうやりたくない、しかしきみと二人で、オナニスムのデュエットをやるのはなおいけない、きみもぼくも相手を aimer してあげようと一生懸命で、じつはおたがいのオナニスムを助けあっているだけなんだ……」

「うまい逃げ道はひとつしかないわ、いつかあなたがいっていたようにすること……あなたは純真で気もちのいい女の子に aimer してもらうこと、あたしは清潔なギャルソンを aimer すること、ただしおなじ相手とは一度かぎりね。つまりあなたは釣りあげて捨てることとで、あたしは自分をみたすために食べることとで、自分の健康とバランスを維持すること……」

「合理的だね、ぼくたちの関係もそれでうまくいくだろう……たしかにぼくたちのあいだでは求めあわないほうがよさそうだ、愛しているなら……」

「愛してる」

「それだけがなによりも確実なことらしい……いつも理解しあっているということだ、ぼくたちはどんなことでもいえるんだから」

「そうね、それだけは守らなきゃいけないわ、あなたとあたしがそれぞれ別の相手とねるようになっても」

まぎれもなくこれは危険なことだった、この契約はあなたがたがたがいに相手を、そしてあなたがたの愛を、どこまで信じることができるかをみきわめるための苦行《タパス》であり断食であり犯罪でさえあったのだから。

しかしあなたにとって、かれとあいしあうことはすでに苦痛となっていた、愛していないからではない、愛していたからだ……

いまとなっておもえばあなたはたしかに幸福だった、あなたがたが肉体の奴隷であるかのように信じていたあの短い日日……二株の食肉植物のように、あなたがたの手はどんなわずかな接触でも相手に巻きつこうとしていた、毎日がお祭りだった、夜も昼も、ベッドのなか、真昼の陽光のなか、あらゆる時と場所があなたがたのお祭りだった……

それらの日日は、あなたとかれとがはじめてあいしあってから半年ののち、つまりあなたがかれとおなじQ大学のおなじ文科二類に入学したときからはじまった……その共同生活のなかで、あなたの肉は暗く輝かしい焰《ほのお》で彩られていた、あなたは色情狂で聖女だった……あのもっとも猥褻で神聖な性の儀式、あのむなしく贅沢をきわめた肉の饗宴、あの醜悪で魅惑的な遊戯の連続……あなたがたはその春から夏の終りまで、二人の勤行《ごんぎょう》僧《そう》のような苛酷さで相手の肉を食べあったのだ。しかし愛と快楽のこの形態を長く保つことは困難だった。とすれば、あなたがたは快楽のほうを放棄する以外になかっただろう、しかも相手にさとられることなしにそうするほかなかったのだ……

あなたがたは限られたエロスをひと夏で使いはたしてしまったのかもしれない、もしそれが限られたものにすぎなかったとすれば……そしてそのとき、あなたは不毛な情熱の丘陵地帯を横切って疲れはてた旅行者のように、安直な無料休憩所を望みはじめていた、それは、死だった。

かれの優しい――ああ、それはあまりに優しすぎた――愛撫の手を、瞼に、髪に、頸に、かんじながら、あなたはかれの、そしてたぶんかれはあなたの、性の配役に苦しい同情をおぼえていた……あなたは女であることを演じようとしていたし、かれは男であることを演じようとしていたのだ、愛しあっていたから、そしてあまりにも相手をよく理解しあっていたから。

たとえばあなたはかれの抱擁のなかで受動態をよそおった。狡猾な仔猫のように、すべての爪、危険な爪、ひとを傷つける明晰さの断片を、あなたは柔かい肉のあいだに隠した。やさしい愛の塊に化けてかれを擒《とりこ》にすること、かれの硬いエゴの棒を融かしてしまうこと……それがあなたの策略だった、ベッドのうえであなたは形を失い、よく嚙まれたチクルのような原形質の塊になる、するとかれの愛撫があなたの頸に、腋の下に、胴の側面に、それから脚に形を与えていくのだ、粘土をこねる彫刻家の手のように。丸くなって震えながら拒絶のことばをもらすのがあなたの常套的な誘いだった、かれはあなたのなかを掘りすすもうとする——すべては演技なのだ、あなたにとっても、おそらくかれにとっても。ときにあなたはこの受動態の役を最後まで演じた。だがあなたはめざめていた、あなたの厄介な意識が爪をむきだしてあの快楽の繭をひき裂いてしまうのだ……またときにあなたはこの役柄を途中で投げすてて、かれにまたがり、かれを乱暴に操縦してみた。いずれにしてもあなたがたはベッドのうえでけっして決着のつかないゲームをくりかえしていたにすぎなかったのだ、やさしさのあまり、いつも相手に勝ちをゆずろうと願いながら。

あなたは疲れていたし、かれが疲れているのもよくわかった。「もうやめましょう」とあなたがいった。かれは哀しそうな眼をした。二枚の皮膚のあいだで汗がかわいていった。愛の祭礼が未完のまま終ったとき、そのときからあなたは愛しはじめるのだった。「でも、お部屋からでていかないで。ミチヲがでていくと冷たい風が吹いてきて、枯葉が舞いこむの。わかる? ……ああ、壁をたたいちゃだめ……だめよ、またそんなことをして……」

「金色の怖い眼をして笑ってるね、なにがおかしいの?」

「Je t'aime……」

「それは最初にいうことば」

「Je t'aime……なんとかお答えなさい」

「メルシイ……ダンケ・シェーン」

「いじわる。もう追いだしてやるから!」

しかしかれはなかなかでていかない、外は寒くて空気も薄いのだ、かれは花であなたを埋めるように、接吻で埋めながら、長いあいだあなたのそば、あなたのなかにいた。

……そしてあなたは考えた、もうけっしてかれを愉しませることはないだろう、あたしはかれのための有能で理解に富んだ看護婦だ、死んでいくものたちにしか接吻してやろうとしないあの看護婦の一人なのだと。

むしろかれとあなたとは、兄と妹、あるいは姉と弟、おなじ胎内で抱きあっていた双生の兄妹であるべきだったかもしれない……あるとき——それは正門から研究室にむかう途中で銀杏並木のさしかわす枝をみあげたときだった、茂った樹葉のなかに銅盤のような太陽がみえた、あなたがたは同時にマックス・エルンストの《森》を連想した……

それは六月の真昼に突如おこった精神の媾合《こうごう》だった、あなたがたはその奇怪な恍惚におもわず立ちすくんだ。いつのまにか強くからみあわせていた指は死人のそれよりも冷たかった、あなたはかれを、かれもあなたを、憑かれたような眼でみつめた。緑に染まった光のなかで、かれの身体はなくなっていた、まるでX線写真でもみるように……そのときあなたは感知した、あなたと同質の、暗い、ゆらゆらする光芒《こうぼう》のようなかれの存在、肉をもたない存在を……


「まず最初に、あなたはどんなタイプの女の子と寝たい？」

「大柄で、すこし過剰に肉がついていて、髪が赤くて長い、鈍感な女の子だ、とにかくきみと全然ちがったタイプがいい」

「そんなことにこだわらなくてもいいじゃない、あたしと似たタイプの子も遠慮しないで aimer してあげるといいわ」

「きみはどうなんだ？」

「あたしはギャルソンに限るつもり、そうね、鎌倉時代のあなたみたいに清潔でかわいいギャルソン、十七くらいの。いまのあなただって、まだそんなふうにみえるわ、でも残念なことに、あなたはもう色も形も変って、純潔じゃありませんものね」

「おたがいさまだ。でもぼくは相手をヴァージンに限定しないよ、もちろん、ヴァージンを犯すのがいちばんおもしろいだろうけど」

「ぜひそうなさい、そうしてほしいわ、それも良家のフイユといった女の子よ。育ちのいい、堅固なフイユを、かたっぱしから誘惑しちゃうの、あたしが男なら、きっとそうするわ」

「ごたごたをおこさないこと、そのためにはぼくらの完全な協力が必要だ」とかれはいった、あなたもそれとまったく同意見であり、あなたがたは協力と成功を誓うために鼻と鼻をすりあわせ、兄と妹のようなキスをした。

かれは克明な報告をはじめ、あなたは熱心に耳を傾けていた、ひっきりなしに笑いだしてはかれの唇をあなたの唇で、小鳥が嘴《くちばし》でする接吻のようにくすぐりながら。

それはあなたがたが渋谷のある喫茶店で網を張って捕獲した少女だった、三人連れで間断なくしゃべりあっていた少女たちの一人だった。「あいつにしよう、肉感的だよ」とかれはいい、「わるくないわね」とあなたも賛成した。その少女が化粧室にはいると、かれもはいって、鏡に顔をつきだしている少女の肩をたたいた。そして彼女が魅力的であるとほめ、ほかの二人は棄てておいて遊びにいかないかと誘った。

だめよ、ナコたち怒っちゃうよ

怒らしておくさ、どうせそこいらで拾った友だちだろう?

うん、まあね

きみの気もちはどうなんだ？　なんでもおごってやるよ

あたしのことをきみだって。あんた、紳士だね

ああ、紳士だ、安心してついてこいよ

交渉は簡単だった、少女はかれの魅力にほとんど抵抗しなかったのだ（それを確めるのはあなたにとっても愉しいことだった）。十月の午後の乾いた街にでていく二人、あなたの婚約者と、かれに肩を抱かれスラックスの脚のうえで誇張された丸い肉をゆすりながら歩いていく少女を、あなたは見送った、なんの嫉妬もなく、満足の微笑とともに（彼女は女子高校生のようでもあり、小さな工場で働いている娘のようでもあった）。

「それで、あの子のからだ、気にいった？」とあなたはたずねた。

「とにかく発育充分で、やたらと大きいだけさ」

裸になると、広大な胸と腹だった、その下に、硬い、手入れのいきとどかない四肢がついていた。少女はバス・トイレ付きのホテルを珍しがってはしゃいでいた。

こんなところはじめてかい？

うん、はじめて、といい、少女は接吻しようとした、かれはうんざりして少女をベッドのうえにころがした。すると少女は笑いだし、一週間ばかりまえにバージンを捨てて

しまって、これで三度目よと白状した。そして、二度あることは三度あるっていうわねと格言ふうに断定し、かれを不自然なほど笑わせた。

帰りぎわに、小遣いはほしいかときくと、うん、といった。

いくら？

いくらでもいいよ
じゃ、一枚あげよう
すると少女はのろのろと下着をつけながら、自分の名をいい、ついで姓のほうも教えた。

本名なのよ、おぼえといてよ
忘れなかったらね、とかれは答えた。少女はその答えに不満らしく、また会いたい、会ってくれるかときいた。

わからない、たぶん会うことはないだろう、とかれはいった。

「ムルソー的でおみごとだったわね」とあなたは上機嫌でいった。「万事その調子でやってのけるのね……それで、肝腎のことを詳しく話してちょうだい、約束だから」

「堅くて、全然なじめない感じ、場ちがいで」とかれはあなたの手をとりながら説明しはじめた。

「きみとあいつらとの相違は決定的だ」とかれはいった。「あいつらは要するにばかなのさ。スポーツでもするつもりで抱きついてくる、まったく元気旺盛でがつがつしている、恥も戒律も知らない、知っているのはスポーツのルールだけだ、あいつらはFellatio することを当然と心得ているが、民主主義で男女平等だから、そのかわりあんたもあたしをCunnilingus してよ、とくるのだ、まったく笑っちゃうね……ゲームがはじまるとバレーの試合みたいにわめきたがる、じつに天真爛漫だ、男とねるときはそんな声をだすのが礼儀だとおもっているらしい」

「あなたはFellatio させるの?」

「したいやつにはさせるさ」

「お返しはしてやる?」

「お断りだね」

「そうね、それはよしたほうがいいわね、ミチヲがそんなことをしているところは喜劇的だもの」

「ゆうべの子はサディストだったわ」とあなたはいった。「あたしを裸にして縛りたがるの」

「それで、縛らせたかい?」

「縛らせない、なにされるかわからないから。うまくだまして逃げてきちゃった」

それは嘘だった、あなたはまったく無抵抗でその青年——大学生らしかった——が縛るにまかせた、よく研究しているとみえて、その男はあなたがもっとも猥褻にみえるように縛った……いつかかれともそんな遊びをやってみたことがあった、かれはサディストの役を熱心に演じてみせ、あなたもマゾヒストの役を多少過剰なまでに熱演してみたが、うまくいかなかった……しかしあなたはこの玄人のサディストにたいしては、あなたの身体をゆだね、純粋の肉塊としてとりあつかわれることに無責任な解放感と陶酔を味わうことができたのだ……あなたはベッドに磔《はりつけ》にされ、眺めつくされ、最後に、ファロスではなく熊手のようなサディストの手でからだの中心を刺しとおされて苦痛の声をたてた……

そのことはかれに報告しなかった……これは契約違反だ、しかしあなたは嘘をつくほうがかれのためだと判断していたから。

だが、あなたがたの《危険な関係》、完全な了解のもとで、嫉妬なしに、つまりあなたがたのことばではまったく raisonnable につづけてきた関係のなかに、じつは破滅の原因がひそんでいたのではなかったか?　あなたがたは合意のうえで裏切りあっていたのではなかったか……なんのために……裏切りながら裏切らないということを証明するために。

すっぱい微笑があなたの顔にひろがる……そうだ、あなたはしばしばそれとおなじ酸味の強い微笑が口にも鼻にもあふれてきたことを記憶している……たとえばあなたがかれから少女たちとのスポーツについて、その得点や試合経過について、報告されるとき、あなたはそのすっぱい味をかんじた。それは醱酵《はっこう》して酸味を帯びた嫉妬なのだ、あなた自身はそれを嗤《わら》っていたけれども。

かれはなぜ失踪したのか、なぜあなたを裏切ったのか？　あなたとの了解なしに死ぬこともひとつの裏切り、いやもっとも致命的な裏切りなのだ……あなたにはいま悲しみと怒りの区別がつけられない、あなたはあの沈んでいく太陽、薄い袋のなかで痙攣《けいれん》しているまっ赤な血痰の夕陽のように、絶望的な怒りで身を震わせている。

「あなたはなにを信じているの？　なにも信じてないのね、だからときどき笑うだけなのね、まるで、死んだ獣を嗅ぎつけたハイエナみたいに……」

「そういうきみはなにを信じているの？」

「あなたを」とあなたはいった、しかし正確には、あなた自身のかれへの愛を、というべきだっただろう、あなたはかれの愛を信じないことに慣れはじめていたのだ、相手を信じなくなり、それだけますます自分と自分の愛を信じることに。

眼をあける。眠ったあとにみるようなぼんやりして厚ぼったい視野のなかの他人たち、狂った遠近法、古い銅板画に似た風景……車内ではまた赤ん坊を抱いてあの白いセーターの女が立ちあがってゆるやかにからだをゆすっている、少し大きすぎるマスクで口と鼻をおおったまま……時計をみる、もう五分で一時だ、あなたは食堂車の予約をおもいだす、あのときウエイトレスはたしか用意ができたら知らせにくるといっていたが、おもいちがいかもしれない、もしそうだとすればあなたは、招かれない客のように、ためらいながら食堂車にでかけていかなければならないだろう。それにしても急ぐことはない、あなたはビュフェで飲んだビールのため、あまり空腹をかんじていないのだから、もう二十分も待ってからようすをみにいったほうがよい……あなたはバッグをあけてハイライトの箱をとりだす。だがマッチがみあたらない、いつももち歩いている雑嚢風の革袋にはノートや辞書、化粧道具などとともに、方々の喫茶店のマッチがはいっているのだが……あなたは考える、どこかあなたの身のまわりのおもいがけない場所にマッチが隠れていないかと……急にあなたは右手をのばしてコートのポケットをさぐる。あった！　小さな、正方形の断面をもった茶色のマッチ箱、西荻窪の《こけしや》のマッチ……あなたはおもいだす、一昨日の夕方、このアストラカンのコートを着て《こけしや》にいったのだ、二階で《boeuf à la bourguignonne》、いわゆるブルギニオンを食べた、そのときのマッチだ……ハイライトに火をつける。あなたはタバコが好きなわけではない、タバコを指にはさみ煙の模様をみつめながら放心するのが好きなのだ、だからタバコに手をだすことはめったにない、人からすすめられると断らないけれども。

そのとき、食堂車のウエイトレス、《帝国ホテル列車食堂》のウエイトレスが一人、はいってくる、彼女は予約カードをめくるとあなたのほうに近づいて、「ご用意ができましたので、どうぞ」という、あなたはタバコをはさんだ右手を軽金属合金の窓枠にのせたままうなずく、それからハイライトを灰皿にいれ、立ちあがる、またG氏に関門をひらいてもらうことになる、かれはあなたをみあげ、まるで代表選手を競技会に派遣するときのような眼であなたを送りだす。

すでにあなたのテーブルでは三人連れの男がビールを飲んでいる。三人とも五十歳前後で、部長級の人間だ、一流会社に勤めていて、一等で社用の旅行中というところだ、あるいは官庁の人間かもしれないが、いずれにしてもかれらは中小企業の自称社長とはちがって、二等車に乗りながら金のことで自慢話ばかりするような連中ではない、かれらは仲間同士で適度にくつろぎ、適度にフォーマルなことばをゆるやかにとりかわしている、ただしよく飼い馴らされた籠の鳥のように安心しきって、無気力に。そして食堂車での男同士の《水いらず》のひとときに割りこんできたあなた、学生とも職業をもった女ともみえない、マドモアゼルかマダムかもみきわめがたい、若いが少女ではない、正体不明の娘を好奇心に光る眼で盗みみている。そのためにかれらのあいだで会話がよどみテーブルのうえに沈澱《ちんでん》する。あなたはかれらをひとつにしはじめている潜在的な猥褻さの共感を嗅ぎつける、男たちがバアで酒とともになめまわすあの猥談の雰囲気に似たものをあなたはかんじる。

ウエイトレスがテーブル・クロスのうえにスープ皿とスプーン、ナイフとフォークを並べ、黒パンとバター・ロールの皿を置く。

「お飲みものは？」

あなたは首を振って断る。紳士たちにならってビールを註文してもいいが、二時間まえにビュフェで飲んだばかりだ、かれなら明るい声で「コカコーラ！」と註文するだろう、しかしあなたはそれほど好きではない……飲みもの、たとえば肉料理にシャトー・マルゴーでも註文するとなれば話はべつだが……ポタージュがくる、赤褐色のポタージュだ、トマトをバターで炒めてブイヨンで煮たものらしい、それとも瓶詰めのトマト・ピュレに味つけして即席につくったのかもしれない……紳士たちはいっせいに皿を傾けて作法どおりにスプーンを運んでいる、作法は守っているが、どこかひどく無器用でこつけいだ……

かれらはしゃべらない、あなたの同席、あなたの観察的なまなざしがかれらの談笑を凍結させてしまったのだ。その沈黙はあなたにも作用する、あなたもぎごちなくなる……ウエイトレスがあなたに、それから他の三人に、楕円形の皿をくばる、料理はビーフステーキだ、あなたの掌よりも広い牛肉、それに芽キャベツ、ニンジンとフライド・ポテト……紳士たちはナイフとフォークをとりあげる、あなたもかれらにならって大きなビーフステーキを切りはじめる。肉は頑強に抵抗する、硬い肉だ、わるい脂と筋がついているらしい、予想していた程度のものだ、なにごとも悲観的に予想しておくと失望が少くてよい……

あの年の夏の暑さをあなたは忘れることができない、まるで世界中の熱気が物質化してあなたをしめつけているかのようだった……百万遍の予備校からの帰り、あなたと牧子は麻のパラソルをさして近衛町から聖護院の横を歩いた、そしてパラソルの下で暑気にあからんだ顔をみあわせると、暗黙の同意ができあがり、あなたがたはよく氷宇治や氷あずきを食べに小さな店にはいったものだ……それが京都の夏だった、盆地に特有の狂熱が街をじっとしめつけたまま動かない夏だった……暑さから逃れるためにあなたは牧子を誘って三度ほど比叡山にのぼった。まだそのころはドライヴ・ウエイもなかった、あなたがたは叡電前で市電から京福電車に乗りかえて八瀬へ、そこからケーブルで登った。展望台の茶屋で休み、海のようにみえる琵琶湖を俯瞰しながら、あなたがたはかれについて話しあった……

「かれからあたしに手紙がきたわ」と牧子がいった、あなたは頂上を吹く強い風のなかでその手紙をひろげて読んだ。あなたがかれからの手紙に一通も返事をださないこと、夏には鎌倉か京都で会いたいというかれの希望にたいしてあなたが長文の電報できっぱりと拒絶したこと、かれはそのために悲しんでおり、あなたのことを心配して牧子に保護と監視を頼んできたのだった。だがこの手紙には一種の優しさと親密さがあふれていた、あなたは顔を硬くして黙っていた……

「なぜかれに手紙を書かないの？　京都にきてもらって会うといいのに……」

「会いたくないの、ほっといてもらいたいわ」

「かれの気もちがわかってないのね」と牧子は母親がするような溜息をもらしながらいった、あなたはかっとした、そして手紙を二つに裂いて風に飛ばそうとしたとき、牧子が驚くほど鋭い声をたててあなたの手をつかんだ……そんなことはさせない、それは自分がもらった手紙だから、と彼女はいった……


牧子がひそかにかれを愛していたことをあなたは知っている、彼女はけっしてその一方的な愛の秘密をあなたにもかれにも、いやおそらくだれにも告白しなかったにちがいない、だがそれを仮定しないかぎり彼女の死は説明不可能だ……という論法によって、あなたは彼女の愛を想定する、それはまた大いに小説的な想定でもあるだろう……かれが牧子から連絡をうけて京都にいってからの五日間、かれは絶望的な捜索者、愛という自家中毒にたえかねてパンドラの函をあけてしまったあなたを探しもとめる捜索者だった、かれは牧子に告白しただろう、あなたへの愛とそれを拒むあなたの愛について、愛の不条理な力学について……そしてかれは牧子の憂悶と同情のうちに慰めをみいだしていたのかもしれない……

あなたがその嫉妬をふたたび発掘したのは牧子が死んだときだった……

列車が止る、名古屋だ……まだ一度もおりて歩いたことのない都市、あなたのイマージュのなかの乾燥した都市……サラダがくる、あなたは半分ほど食べる、これでどうやらノルマをはたしたというところだ。列車が動きはじめる、三分停車だった……三人の紳士たちは残っていたビールをいっせいに飲みほす、そのひとりはよく熟した柿の色になっている……デザートのプディングが運ばれる。

牧子はあなたが京都を去ったのち、睡眠薬で自殺した、なんの遺書も残さずに……それは五月の連休をひかえた週末のことだった、あなたとかれはもらってあった学割を利用して——あなたがたの予定ではそれで浅間高原にいくつもりだったが——すぐ京都にむかった。彼女のとつぜんの死はあなたがたに関係があったのだろうか？　その主題について語りつづけながら、あなたがたは九州行きの午後の急行で京都にむかっていた、だがそれは愉しい旅だった、あなたがたは新婚の若夫婦のようなつつましさで肩を並べて坐り、かれの熱愛者的な眼でみられるたびにあなたは微笑をかえしてかれの肩に頭をもたせかけるのだった。あなたもかれも死者との対面やそれに伴うはずの重苦しい哀しみの儀礼をほとんど負担にかんじていなかった。牧子の死はあなたに衝撃を与えはしたが比較的遠い衝撃だったし、それはかえってあなたがたに連休を利用して京都にでかける口実を与えたようなものだった。

「牧子さんのお父さんやお母さんはもうむこうに着いてらっしゃるでしょうね」

「そうだろう、ぼくたちはまる一日遅れたからね。彼女はもう灰にされてしまったかしら？」

「きっと鳥辺山で焼かれたんだわ」

「どこにあるの？」

「まえに下宿していた馬町から近いの……」

……火葬場のほうへ、あなたはよく歩いていった土の道、山のなかの暗鬱な道だった、霊柩車が頻繁に往復していた。あなたは敷石の舗装道路がつきるところからさらに土の道をのぼっていった、両側に茂る樹木の暗さにおびえながら……すると意外に明るい清潔な場所にでた、そこが火葬場の正門だった。不吉な、赤煉瓦の角柱がみえた、死者たちはそこから臭煙となって吐きだされ、その昇天を急ぐのだ……あなたの散歩はここまでだった、あなたは霊柩車の優しい警笛に追われてふたたび山をかけおりた……だがあの煙はあなたの下宿の二階からもみえていた。

また停車した、名古屋を発車してまだ三十分もたっていない……岐阜だ。あなたはコーヒーを飲みながら、急に佐伯のことをおもいだす、佐伯はこの食堂車に食事をしになかっただろうか？　あなたとは予約の時間がちがっていたのかもしれない……勘定書をとりあげて立ちあがると、あなたは食堂車のなかをみまわす、佐伯はいない。

あなたの席に帰る、G氏はいま老眼鏡をかけて《漫画サンデー》を読んでいる、まるで聖職者が福音書のなかから明日の説教のことばを選びだしているときのような謹厳な顔だ。あなたは重たくなったあなたの胴を青い座席に収容し、脚をのばす、これからひと眠りしようという姿勢だ……

「もしもあたしたちが結婚することになったら」とあなたはいった、「式のあとで、新婚旅行にでるふりをして死の旅にでるの……ミチヲはどんなところがいい？　あたしは雪山がいい、どこまでも高いところへ登っていって裸になって眠ってしまうの——ブランデーを飲んで。キリマンジャロの頂上で死んでいる豹って気にいってるわ」

「どうやらきみはひとりきりで死ぬつもりらしい」

「よかったらお誘いするわ」

「いいよ、どうせ死ぬときはひとりだ」


あれは異様に魅惑的な兇器《きょうき》だった、中世からさらに古代にまで通じているかのような暗い秘密の廊下に——その家の子どもたちはこの廊下の存在さえも知らなかった——吊されていた拳銃、黒褐色のホルスターのなかであなたを誘惑していたあの鉄の微笑……京都であなたが最初に下宿した家の主人は刑事だった（かれは署から帰ってくると、まず拳銃を妻にわたしていつもの場所にしまわせるのだ……それから食卓につく、ときおりあなたといっしょになると、この刑事はきちんと正坐して——その姿勢をくずしたのをあなたはみたことがない——その日の授業や一日の行動についてあなたにたずねるのだった、取調室での訊問そっくりの調子で……）。


大垣通過。

畑のなかに灰色の木が林立している、柿畑だろう……やがて関ケ原の勾配にさしかかる、たしか下りは新垂井を、上りは垂井を経由して別々の線を通るはずだ……

たとえば、もっともありふれた毒物、青酸カリによる自殺。〇・三グラムの青酸カリは、確実かつ迅速にあなたを殺してしまうだろう、早ければ二分、遅くても二、三十分ののちにあなたは絶命する。決定的な、最後の跳躍はそうむずかしいものではない、あなたはあの舌を刺すような味、杏仁水《きょうにんすい》か苦扁桃《くへんとう》のそれに似た味をがまんして、ブランデーとともに飲みくだしさえすればよいのだ。すると頭が重たくなり、めまいに襲われる、動悸がはげしくなる、あなたの喉はしめつけられ、呼吸が困難になる……そしてあなたの意識は濁って死の凝結に達する……おそろしい痙攣、だがあなたはもうあなたを知らない、すでにあなたは呼吸をしていないが、心臓はまだしばらく搏動《はくどう》をやめないだろう。それからおこることとは死の完成だ、散大した瞳孔、全身麻痺した肉、そして心臓の停止……あなたの死体は青紫色を呈するだろう、解剖の結果、あなたが青酸カリ中毒で死に至ったことが確定される、あなたの収縮した胃袋は濃い紅い液をたたえているし、胃の内壁はぬるぬるしており、苦扁桃の臭気が警察医の鼻を刺すだろう、そしてかれはあなたの消化器とともに脳や肺の一部を切りとり、試験管のなかで化学的に証明するだろう、あなたの青酸カリ中毒死を。

死とは不動産の登記手続よりも煩雑な一連の手続をへてしか実現されないものだ、しかしこの手続の煩しさは、じつは死を望んでいないものの感情なのだ。

死を怖れるのではない、あなたは死の恐怖を怖れるのだ……これでおしまいにいなるというときにあなたがなにをかんじるかをあなたは怖れる……

眼をあける。あなたは列車のなかにいる。これがあなたの場所なのだ、あなたが四七キロの重さをもつ物質の塊であるかぎり、あなたは場所をもち、あなたの場所に粘着していなければならない、どこまで逃げてもおなじことだろう、どんな遠い土地へ逃げていったとしても、あなたは自分の身体を下手な尾行者のようにまくことはできないし、あなたの場所をおきざりにして、軽い虚無の場所へ飛びたつことはできないだろう、そしてあなたの悲しみもまた肉体のかたちをしてあなたの逃亡についてまわる……

かれにとって生活とは捕虜収容所だったかもしれない、そしてかれは捕えられた兵士たちが故郷に憧れるように、生活からの脱走に、死に、あこがれていたのかもしれない。

去年の夏のある午後、あなたとかれは日比谷でデモ隊にであった。学生たちの顔は汗と埃で隈どられニグロの仮面に似ていた。かれらはあなたのまえでいっせいに白い歯をみせて安保反対のシュプレヒ・コールを叫んだ。あなたはガードの柱のかげでかれと顔をみあわせ、肩をすくめた。それから長い沈黙のうちに有楽町のスバル街にあるモダン・ジャズ喫茶店まで歩いていったが、かれはドアを押すまえに、革命家たちはsérieux だとつぶやいた。ああ、とあなたもいった、ほんとにくそまじめね、信者たちはみんな……

あの喫茶店ではあまりいいレコードが聴けなかった、あなたがたは一時間ばかり坐っていたが、そこは洗面所の近くで、ひっきりなしにカマキリのような脚をもった青年たちがズボンのファスナーをいじりながら出入りしていた。そのとき聴いたなかにはジミイ・スミスの《Home Cookin'》やホレス・パーランの《Speakin' My Piece》があった、あのパーランのグループはわるくなかった……

単調なリズムで走る列車の騒音のあいだから、急にささやくような女の歌声がたかまり、あなたの注意をひく……

あいした　ときから
苦しみがはじまる
あいされた　ときから
別れが待っている
ああ　それでもなお
いのちかけて
だれよりもだれよりも
きみをあいす

……通路をへだてた左の窓ぎわ、四Aに坐っている男だ、角刈りにした中年の男、大阪から商用で上京していま帰阪中らしい商人、ゴリラ一族の家長みたいな男、かれはその太い短い指でトランジスター・ラジオをつかんでいる。その男のまえのまえの席で赤ん坊が泣きだす。ラジオの音で眼をさましたのかもしれない……

あなたが　なければ
生きてはゆけない
あなたが　あるから
あしたも生きられる
ああ　いく年月
かわることなく
だれよりもだれよりも
きみをあいす

……まったくそのとおりだ、だれでもおもいつきそうな常套句だが、こんなふうにささやかれると、古いことばの沼から湧きあがってきたひとつの啓示のようにおもわれるほどだ……

褐色の、握られた手、ウインナ・ソーセージの奇怪な束に似た、性器のような手……その巨大な拇指《ぼし》は傲岸《ごうがん》に、繊細に、反りかえって一本のスティックを支えている、堂々とした雄蕊《おしべ》のようなスティックを……中野の《ロン》でこのジャケツをみたのは先月の末のことだった、《Philly Joe's Beat》のジャケツ、これは買ってもいい一枚だとかれはいった、あなたも同意した、フィリイ・ジョー・ジョーンズはあなたがたのもっとも好きなドラマーだったし、このクインテットのリズム・セクションは秀逸だった、名前は忘れたがテナーとコルネットの新人もわるくはなかった……

手帖と万年筆をとりあげて、あなたは計画をたてようとする。京都でいくべきところ、みるべき寺……あなたは列車の動揺にさからいながら、痛風病みの書体に似た字を書きならべる……

大徳寺（本坊、大仙院、孤篷庵、真珠庵）、
鹿苑寺（金閣）、
龍安寺、
広隆寺、
天龍寺、西芳寺（苔寺）、
嵐山、
神護寺、高山寺（高雄から槇尾、栂尾まで）、
南禅寺（本坊、金地院）、
法然院、

慈照寺（銀閣）、
詩仙堂、三千院、寂光院、
比叡山……
ここまではかれといっしょにいったところだ、五五年の十月、五六年の五月、そして去年の三月に……
とうとう心配していた雨が降りだした。だが空は明るかったのでかれもあなたもそれほどあわてはしなかった。そんなにひどくはならないよ、とかれはいった、そしてあなたもおなじ意見だった。が、大仙院の横をとおる芳春院への道、四辺形と三角形の組みあわされた幾何学的な敷石の道はまばらな小雨を吸ってみるまに黒ずみはじめた。あなたは腕にかけていたレインコート——そのときのは白っぽいベージュで、襟だけが濃いチョコレート色をしたコートだった——を頭のうえでひろげた、それからあなたがたは肩をだきあい、大徳寺前の市電の停留所へと走っていった、もう一時をすぎていたので附近に気のきいた店でもあれば食事をしてもいい、それともそのまま電車に乗って鹿苑寺の庭をみにいこうか、と息を切らして相談しながら……しかしあなたはそれほど空腹ではなかった、そこで、修理中の金閣はあとまわしにしてまっすぐ嵐山のほうへいってみようと提案した。あなたがたは大徳寺前で十五番の電車に乗り、金閣寺前をへて、白梅町までいくと京福北野線に乗りかえた。だがあなたの計画は挫折してしまった、京福電車の嵐山駅に着いたとき、雨は白煙をたてて駅前の広場を洗っており、目と鼻のあいだの嵐山も雨の幕にその輪廓をかき消されているほどだった……雨は止みそうにもなかった。このようすではすぐ近くの天龍寺にいくことも無理だろう、とかれはいった、むろん渡月橋も西芳寺も諦めるほかない……あなたがたは駅前の食堂でまずい親子丼を食べた、あれは樟脳《しょうのう》の匂いがしていた……

南禅寺の本坊をみにいったのは去年の三月だった、金地院は五五年の十月にみてあった……山門に近づきながらあなたとかれはそこを棲《す》みかとした伝説上の盗賊について語りあった。かれは石の基壇にもたれ、そのうえに林立する雄大な柱列を熱心に眺め、あなたは基壇からすこしはなれて木で組みあげられた巨大な構造物をみあげた。

「ゴティク建築は《石による超越論だ》といったのはだれだったっけ……でも、木材による超越論なんて、ありえないわ」

「この大きさには抽象の怖しさやファンタスティクなものがない、そのかわりに優しさがあるのかな」

「ミチヲ、この南禅寺を遠くからみるとそれがよくわかる、この山門はゴティク寺院みたいに空にむかって超越を企んでいるのではないってことが……あの東山の樹の重なりのあいだにちょっぴりと入母屋造《いりもやづく》りの屋根がみえるだけなの、まるで樹の海を漂流しているみたいに……」

それからあなたがたは手をつないで山門の横をとおり、本坊のほうへのぼっていった。

「大方丈の前庭は《虎の子渡し》の枯山水で、小方丈には狩野探幽の襖画《ふすまえ》があるわ」

「よく勉強してるんだね」

「そうよ、京都ではあたしがミチヲのガイドですから」


生きのびようとする意志がすっかりなくなっているのだ。あなたはあてもなしに追憶のページをめくっている、まるで古い年の旅行案内のパンフレットでもみるように。

龍安寺の庭、あれは禅の精神にフォルムを与えたというようなものではないはずだ……その白砂と石だけによる平面の構成もとつぜんの独創ではないだろう。以前、あなたはそれが東洋的な抽象の極点にあらわれた作品であるという漠然とした考えをもっていた、しかしその考えは放擲《ほうてき》しなければならない……この様式はあきらかにあの向月台《こうげつだい》と銀沙灘《ぎんさだん》をもつ慈照寺銀閣の庭園をうけつぐものだ。修正は大きくはない、白砂の平面のなかに十五個の石が配られたのだ……こうした様式は《堅庭》から成長したものらしい、とあのときかれがいった、あなたのまえでディレッタンティズムを発揮するときの癖で、眼を遠いところに放ち、ときどきあなたにはにかみの微笑をみせながら。だから龍安寺の方丈前庭から植物が排除されているのは、石と砂の構成を指向するアブストラクシオンの極点をしめすのではない、反対に、装飾を許さなかった堅庭の伝統が慈照寺の砂盛り、この龍安寺の石の排列をつうじて修正されていったのだ、するとこの系列の完結をしめすのはあの大仙院の庭園であるにちがいない……そういうあなたの意見にかれも賛成だった、そしてあなたがたは慈照寺、龍安寺、大仙院の庭園を枯山水のベスト・スリーとよぶことにした。

それは去年の三月末、暖い日曜日の昼だった、あなたとかれは二度目の龍安寺道をのぼっていった。道はコンクリートで舗装されていた、数年まえ、あなたがたがはじめてきたときはそうではなかった、古びた民家と暗い小さな商店が道を両側から締めつけていた……だが去年の三月に通った龍安寺道には派手な看板がめだっていた。一軒だけ昔どおりに軒先にとどくほど箱を積みあげた汚い八百屋があった。タクシイが頻繁にあなたがたを追い越していった……

「おなか、へらない？　あたしはかなりへっちゃった」

「なにか食べてもいいよ」とかれはいった。左側に《すし、うどん、丼物一式》という看板があった、のぞいてみると、客は一人もいなくて、土間に仔犬が坐っていた、あなたがたをみあげたが、吠えなかった。

「どうもわびしいね、河原町あたりへひっかえしてからにしようよ」

そこであなたがたはパン屋の店先で雪印のフルーツ牛乳を飲み、何軒かの《すし、うどん、丼物一式》を横目にみながら、ゆっくりと黒門まで歩いていった。

「あれ、こんなところに池があったっけ？」

「もう忘れた？　ほら、この堤のうえを歩いて一周したじゃない？」

「ああ、そうだった、桜の樹のかげできみとキスしたんだった……汚い水だな」

自然石を敷きつめた参道の石段を高校生たちがおりてきた、あなたがたは山内の賑かさが気になりはじめた……


方丈はごったがえしていた、石庭をみおろす廊下には修学旅行の高校生らしい一団が人垣をつくっていたので、あなたがたはうんざりして休憩室に坐り、タバコに火をつけた……そのとき、廊下のほうからマイクで石庭の説明をする声がきこえてきた。いってみると、学生服を着た映画俳優のような感じの男が——たぶんアルバイトの学生だったろう——マイクを口のまえにもって流暢にしゃべっていた、十五個の石について、それらがけっして全部はみえないこと、どれかひとつが他の石のかげに隠れてしまうこと、そのことは禅の精神を象徴していること……あなたがたは顔をみあわせて笑った。

「まえにきたとき、きみがきかせてくれたのとおなじ理窟《りくつ》をいってるよ」

「あら、ちがうわ、あたしはあんな禅坊主みたいな理窟はいわなかった……この庭のことを虎の子渡しというでしょう、つまりこの石は河を渡っている虎をあらわすの。十五個のうち隠れてみえない一個が虎の子で、親がそうやって子どもを守っているというわけ」

そのとき、団体専用の入口から修学旅行の中学生がはいってきた。方丈には埃と汗と運動靴の臭いがあふれた、まるで走禽《そうきん》の群れがおしかけてきたような騒しさだった、かれらはカメラを振りまわしながら縁側でおしひしめいていた……

西芳寺をでたとき、空は曇っていた。バスを待つあいだに茶屋でとろ、、、蕎麦を食べてみようとかれがいった。《苔の茶屋》という店だった、あなたはあまり空腹ではなかったので半分ほど残した。妙な食べものだといいながらかれはあなたの食べ残した分も平らげてしまった……

階段教室のいちばんうしろに坐ってあなたは放心していた……それはたしか文学概論の講義だった、D教授は眼を閉じて教壇のうえをはてしなく往復していた、憑かれたようにフランス語で詩を暗誦しながら。そのころあなたはまだフランス語を知らなかった、だが黒板にD教授が書きなぐった文字をあなたは憶えている、壮麗なまでに大きいBの字ではじまる Baudelaire という詩人の名を。

それはあなたをふたたびイマジネールの王国にみちびいた妖女の手だった。あなたは忘れていた象徴派の世界へと帰っていった。五月と六月を、あなたは熊野神社から河原町丸太町までの通りや百万遍附近の古本屋をめぐり歩き、ほとんど手当り次第にフランスの詩人たちを買い漁り、読んでは模作することですごしたのだ、そのあいだにあなたの決心は堅くなめらかになっていった——L女子大をやめてもう一度Q大学にはいるための準備をはじめること。

講義が終ると、あなたはよく一人で河原町へでていった。正門から東山七条の停留所への広い坂道をおりていきながら——反対にのぼっていくと豊国廟、日吉神社だった、いつも男の子たちが鳥居のあたりで遊んでいた——あなたは右側の長い土塀を眺めるのが好きだった、みごとなベージュ色の肌、そこにひっかかれた白い線画の落書き……それはふしぎな夢に似た形象をもっていた、まるでクレーの線描のように。

あなたの日記は十二歳のときからはじまった、それはいまでは三十冊を越す厖大《ぼうだい》なノートのなかに蓄積されているが、あなたはまだだれにもみせたことがない、かれにさえも。その大部分は厳重に包装されて鎌倉の家にある。死ぬとすればあの日記、大学ノートの山を灰にしておかなければならないだろう、だから——とあなたは狡猾に考える——この旅行の到着地がどこであれ、そこにはまだあなたをいれる棺は準備されていない、そしてさしあたり、あなたはあなたの日記を焼きすてるためにもう一度帰っていかなければならない、鎌倉や東京へ、あなたのアパートへ、日常生活の堆積のなかへ。

だがそれはあなたの生活の記録ではない、あなたの厖大な日記は模作《パスティシュ》の集積なのだ、おびただしい小説の断片、詩の習作、そして文体の修練なのだ。

洗足池の北側にアパートをみつけてあなたがたが秘密の共同生活をはじめたときだった、あなたはかれにそれまでにかれが書いてきた日記をみせてほしいと頼んだ。

「交換しましょうよ」

「きみのはどこにあるの?」

「鎌倉」

「ぼくのはもうこの世にはない」

「ほんとに灰にしたの?」

「ほんとだ」

しかしあなたはいまでもそれを信用していない、それはどこかにあるのだ……

もしもかれが芸術家だったとすれば、だれも——あなたでさえも——この芸術家を所有することはできないだろう。あなたが泣き叫んでも、憎しみの手でどんなにはげしくかれをしめつけても、むだだろう、あなたがどんなに愛しようと、かれは石像のようにあなたの愛を拒むのだ。

もしもかれとあなたが同時に芸術家であったとしたら、あなたがたはどんな仇敵《きゆうてき》同士よりも兇暴に憎みあい嫉みあったにちがいない。

列車の音が変る。あなたはいま琵琶湖の水のうえを走っている、いや正確には胃袋の形をした琵琶湖の下端、十二指腸にあたるところ、つまり南から湖に注いでいる瀬田川の河口を横切ったところだ……石山を通過、そしてまもなく膳所《ぜぜ》も通過だ、次が大津、大津から山科を通過して京都までは十分たらずだろう。京都着の時刻をもう一度時刻表でたしかめてみる……十四時五十八分、あと十五分くらいしかない。意外に短い旅だった、いや、旅というよりもこれは五百キロの距離の移動にすぎない。

あなたの仮説。あなたはかれの精神の能力、かれの想像力に嫉妬していたのではないか？　抑圧をかんじていたのではないか？　だからあなたは――おそらくかれも――めいめいの力を測定しまいとしてきたのではなかったか？　どうしてあなたがたのことばはあんなにも酷似してきたのだろう、まるで双生の兄弟の顔みたいに……どうしてあなたがたはあんなにも完璧に理解しあったのだろう？　仮説――あなたがたは優劣を競わないために、たがいに似せあってきた。勝ち負けをあきらかにすることはあなたがたのタブーなのだ。あなたがたが愛しあう契約を結んだのはそのためだ、二匹の蠍が喰い殺しあわないためだ。暗黙の停戦協定としての愛、共犯者風の狎《な》れ狎れしさでたがいに似せあい理解しあうこと……

大津通過。

用意は簡単だ、棚から旅行鞄をおろし、時刻表をいれ、コートを着て帽子をかぶればそれで終りだ、急ぐことはない……あなたは眼をとじる……とつぜん、錐の形をした空気があなたの耳に侵入する、それは左右の耳から頭の中心部にむかって穴を穿つ、高速度で回転する空気の羽根で笛に似た音をたてながら……いつもあなたはこのトンネルで耳に異常をかんじる。

山科通過。

またトンネルにはいる。最後のトンネルだ、このトンネルをでたとき、あなたは右手に黒ずんだ民家を、灰色の鴨川を、七条大橋をみるだろう、それらは京都があなたを迎えるときいつもみせてきた陰気な表情の断片だ、それはあなたをいくぶん感傷的にし、あなたを無気力にするが、やがてあなたは京都の街をすこしずつ愛撫し、その手ざわりをとおして京都への熱っぽい情念を恢復し、やがてあなたは京都という有機質の容器のなかに存在しはじめる自分をみいだすだろう。

立ちあがってあなたは棚の旅行鞄をおろし時刻表と手帖をいれる、窓の外に灰色の民家がみえはじめる……

京都だ、《第一つばめ》は電車らしい軽快さでぴたりと止り、ホームのスピーカーが、京都、京都とゆるやかにくりかえしている。あなたはいまは窓ぎわの席に移っているG氏と会釈をかわし――かれは大阪弁の抑揚であなたに旅の無事を望む挨拶をしたが、あなたは儀礼的な微笑を返しただけだ――あわただしく下車していく乗客たちに押されて出口のほうに歩く。停車時間は二分しかない、だからあなたは終着駅でいつもするように、いちばんあとで、旅の終りの空虚な感情を味わいながらおりていくわけにはいかないのだ。ホームにおりたったとき、眼を輝かしてかけよってくるどこかの社員たち、首をのばして遠来の客を探しているいく組かの家族、かれらはあなたのまわりで白い息を吐き吐き一様に興奮している。だがだれもあなたを迎える人はいない、あなたはいま午後の騒音にみちたあなたの廃都に着いたのだ。あなたは一人だ。京都駅の中央出口を求めて首をめぐらしたとき、一番線にいまはいってきた上りの特急が止った、それはあなたの乗ってきたのとおなじ色、おなじ型の車輛だ、大阪発の《第二こだま》だろう。その高く膨れた蛇の頭部に似た運転台のしたで、ドアがひらき、夏姿のような軽装のウエイトレスが、あなたにむかってはげしく手を振る、その肘を中心にして裸の腕を自動車のワイパーのように振りつづけ、叫んでいる。その声はきこえない。あなたは苦い微笑を嚙みころす、あれはもちろんあなたにではなく、あなたの乗ってきた《第一つばめ》の同僚にむかって叫びかけているのだ。あなたは階段をのぼり、架橋を渡り、中央出口のほうにおりていく、暗鬱な雪曇りの都市を抱擁するこころみにすでにむなしさをかんじながら……

Ⅲ

京都駅中央出口、黒い雑踏のゆるやかな流れ、ガラス張りの待合室、正面の二階にある観光デパート、すべて見憶えのあるものだ、あなたは右手に明るい黄土色の旅行鞄をもち、左腕に黒いハンドバッグをひっかけてゆっくりと歩きだす、冷たい、ガラスの破片のような午後の陽ざしに照らされている駅前広場にむかって。だれもあなたを迎えるものはいない、だれもあなたをみていない、あなたは見えない人間として、人人のあいだをくぐりぬける、かれらは純白のコートにくるまった鶴のようなあなたに一瞬眼をとめても、すぐ見すごしてしまう。いまあなたは京都へのめだたない侵入をこころみている一人の旅行者にすぎない。

あのとき、かれは中央出口をでてきたあなたのまえに立っていた、愛の苦行《タパス》のはてに石像と化した人間のようにこわばって……なぜあなたはそのときかれの腕のなかにとびこまなかったのか？　かれのうしろに牧子が立っていたという理由だけではなかった、あなたもまたかれとおなじように石像よりも硬くなっていたからだ……いまならそうはならないだろう、いまのあなたなら……きっとかれの腕と胸に身を投げかけるだろう、もしもかれがあのときのようにあなたを待っていてくれたとすれば……それがあなたを京都までひきよせた期待だった、奇蹟の再現にたいするあなたの賭だった、あなた自身はこの賭を軽蔑して冷淡そうによそおってきたけれども……

かれはいま、白っぽい、ほとんど純白に近いツイードのコートを着て赤葡萄酒色の絹のマフラーをのぞかせているはずだ、もしもかれがあなたからのふしぎな配線による心霊術的な電話をきいてあなたの到着を知っていたとすれば、そしてこの中央出口のところであなたを待っていたとすれば……かれはいつもの魅力的な微笑を浮べてあなたにむかって両腕をさしだすだろう、あなたは厚いツイードに包まれて太くなった腕と黒革の手袋で大きくなった手で抱きしめられ、冷えきったかれの頬をかんじるだろう……だがかれはいない、あなたの見慣れた《愛》の形はどこにもない。それは当然のことだ、当然すぎるほどだ……

……だれかの手、軽い、鳥の翼のような手があなたの肩にさわる、そしてあなたのまえに長い人かげが立ちふさがる。あなたは震えあがり、それからからだ中にひろがる熱い発汗とともに自分をとりかえす。あなたのまえには佐伯が立っている、それはかれではなかった、かれよりも三センチばかり背の高い佐伯、いくぶん猫背で、肉感的にひきさげられた下唇に笑いをうかべている佐伯だ、やはり黄土色の旅行鞄をもって……

「どこに泊る予定ですか？」

「京都ホテルです」

「ああそう、よかったら、ぼくといっしょに泊りませんか？　ぼくも京都ホテルにしたい」

「あたしがお断りしたら？」

佐伯は両肩をすくめる、数年まえ、授業中に眼ざわりなほどやっていたが、いまはあまり不自然ではない、すっかり板についてしまったのだ……あなたはわざと狡猾そうに睫毛のあいだから佐伯の顔に視線を走らせる、剃刀《かみそり》でその二つの眼を水平に切り裂くように……

「ほんとに断るのかな」

「なにがおめあてかしら？」

「やがてわかることですよ」

「わかった！」

「なにが？」

「あなたの望んでいらっしゃることが……」

「ぼくもそれとおなじことを望んでいるらしい……電話してこよう、ここで待っていてください」

あなたの京都、あなたがはいりこんでいこうとする京都はみるみる変形し、色を変えていく、それは有毒な汁をたたえて昆虫を溶かす花のように、あなたを誘いこもうとする生きた罠に変る……いまならあなたは逃げられる、佐伯がホテルに電話して二人用の部屋をとっているあいだに……一歩足を踏みだすだけでよい、この場所を離れるだけでよい。もう一度改札口を通って旅行を延長することもできるだろう、それとも駅前で車を拾って冷えきった街のなかへと失踪してしまうこと……あなたの可能性は無限分割されて無数の破片があなたをとりまいている、玉虫色にきらめく土星の環のように。だがあなたはぼんやりと立っているだけだ、あなたにはそのおびただしい可能性のどの破片をつかみとる気もおこらない、利巧ぶった選択よりもなるようにするほうが愉しいだろう……あなたは足もとに眼をおとす、そしてやや仰々しく肩をすくめる、佐伯の鞄がどっしりとそこに置かれてあった、奴隷や徒刑囚の脚につながれる鉄玉のような、重々しい鞄があなたの逃亡をひきとめているのだ……佐伯がひっかえしてくる、両手をポケットにつっこんで。

「ぼくはこれからちょっと寄りたいところがある。きみは先にいってるといい。ぼくの名をいえばわかる」

あなたはうなずいて自分の旅行鞄をもちあげる。佐伯がそれを横から奪いとり、タクシイ乗り場を顔でしめす。あなたがたは歩いていく、旅行中の夫と妻のように……

駅前のタクシイ乗り場であなたはセドリックに乗る、「京都ホテルまで」……車は七条内浜から北に曲って河原町通りをのぼっていく。左側につづく高い土塀、楠《くすのき》と公孫樹《いちょう》の老木……枳殻邸《きこくてい》だ、しかしいまではからたちの木もみえない。牧子といっしょにここへきたのは二月の上旬、ちょうどいまごろだった、古い庭、広い印月池、梅の木が多かった……河原町五条、仏光町……運転手は黙っている、あなたはまえの座席の背に両手をかけ、車にのせられた大きなコリーのように首をのばして前方を眺めている……四条河原町、車はバスのあいだにはさまれて信号を待つ……京都ホテルはこの通りにあったのかしら、とあなたは考える。あなたの記憶では鴨川べりにたっていたようでもある……だがたしかではない。右手にT画伯の壁画のある朝日会館、そのすぐ先にガラスの多いビルがみえる、それが京都ホテルの新館だ……車はその北口からはいり、ゆっくりと迂回してとまる。ボーイがドアをあけ、あなたの婦人用旅行鞄をうけとる……ロビイには外人がいっぱいだ、日本人はほとんどみえない。あなたはフロントのルーム係のところにいって佐伯の名をいう、「さっきお電話いたしましたけど」……あなたの横からふとったアメリカ人の夫婦がルーム係に話しかける、そのあいだにあなたはカードに佐伯の姓名を書きこむ、それからあなたの名前を——姓は佐伯として。ルーム係がいう、「佐伯様でいらっしゃいますね、どうもお待たせしました」そしてボーイがあなたの荷物をもつ、あなたはエレヴェーターに乗る……

「お風呂はこちらでございます……」というボーイの説明もあなたはほとんどきいていない、早く二人になることばかりを考えている、それはひどく待ちどおしい一刻だ、かれといっしょのときはなおさらそうだった……ボーイが退出する、するともうあなたがたは次の日のチェック・アウトのときまで二人きりだ、あのぴったりした制服で胴をしめつけた燕のような少年はけっしてあなたがたのまえに姿をみせることはない、そこであなたがたはまず立ったまま首を抱きあってそのことを祝うのだ……しかしはじめてかれと二人であの祇園の旅館に泊ったときはちがっていた、二十七、八の和装の女中があなたがたのためにひかえていた、まるで、はじめて愛の劇を演じようとするあなたがたのための黒衣《くろご》のように……ボーイがでていく。あなたは部屋のドアをしめる。

あまり広い部屋ではない、ベッド・ルーム兼居間、それにバス付き、標準型の部屋だ、おそらく四千円から五千円のあいだの部屋だろう……あなたはぬいだコートを洋服ダンスにいれる。東に面した広い窓に近づくと、その下から扇状にひろがっているのは東山の丘陵まで敷きつめられた暗鬱な屋根だ、それはあなたの目の下ではいくぶん乱雑な積木細工の集合に似ており、遠ざかるにつれて次第に規則正しい配列をみせながら小さく積み重ねられている……正面の山腹につきだしている長方形の高層建造物、あれは粟田口の都ホテルかもしれない……そこからの眺望はさらにすばらしいだろう、あなたはそこに泊ってもよかった。しかしここからの眺望もわるくない、いや予期以上だ、あなたはこんな高い位置からの眺望をほとんど考えたこともなかったのだ……京都はいま、曇天の鈍い光の下にひろがっている、清潔な屋根瓦のモザイクをみせて。これが京都だ、それはあなたの下で、端正な遠近法にしたがってその顔をみせている。

ナイト・テーブルの抽出《ひきだし》をあけてみる……どこのホテルにもあるものだ、あなたは黒い表紙の英訳聖書をとりあげる。たぶん、たいていの宿泊客はこんなものに手を触れもしないだろう、あなたのように生きるあてを失った旅行者をのぞいては……あなたはカバーのかかったベッドにころがってそのページをめくる。新約聖書だ、あの神の子のおこなった奇蹟と説教の充満した福音書、あなたは去年旧約聖書を創世記からマラキ書まで通読した（そしてかれにもぜひ読んでみるようにとすすめた）、それはたしかに壮大な叙事詩だった、砂漠の神と砂漠の民の灼けるような不条理の劇、残忍な復讐と驚くべき服従、割礼《かつれい》の契約、正義と殺戮《さつりく》……だがそれらは新約聖書のなかで消えてしまう、砂漠のなかの間歇河川《かんけつかせん》のように。ただひとつ残った塩と血の湖は、あの受難の劇だ、そしてあなたが興味をもつのもキリストの磔という主題だけだ、あなたは中世から近世へとつづくおびただしい磔刑図《たっけいず》の行列に心をひかれる……しかし福音書は一方で卑俗な表情をもち、あなたにほほえみかける。愛も信仰も、説教師の口をとおして語られるとあなたをぞっとさせる、聖なるもの、超越的なものにかわって、外交販売人の舌にはじきだされる宣伝文句が、処世術が、卑小な徳行のすすめが、やさしい、あまりにもやさしい死んだ微笑の景品つきで売りだされることになる……どんな宗教も、それが広く人人に買われて日常生活の一部となるのはほとんどすべてを失ってしまったときだ、いやこの変質はきわめて悪性のものでもある……とあなたは考える、なぜなら、伝道者たちは信じることが救われることだというドグマをくりかえすことによって人間から自由を回収していったからだ、あなたはこの手口を好まない……それとおなじ理由であなたは他力本願というドグマで大衆を救済してしまった仏教の日本的変質を好まない。あなたはいつかこのことをかれにむかって不自然なほどの激しさで主張したのだった、するとかれは笑いだし、あなたの髪を愛撫しながらいった、「きみのいうとおりだ、でも笑っていればいいさ、腹をたててもしかたがない。きみやぼくのような人間のほうが例外だから、ばかな羊どものことを罵るわけにもいかないのだ」……それがかれの態度だった、宗教にたいしても革命を説く思想にたいしても、かれはこの態度を保持していた、そしてときどきいきりたつあなたに、それらを軽蔑していればよいので腹をたてるのはばかばかしいというのだった……あなたはナイト・テーブルに聖書を投げだし、ベッドからおりる。

佐伯はまだこない、あなたはフロントからかかってくるはずの電話、ご主人がおみえになりましたという電話を待ちながら、白い受話器をみつめている。それはけっしてあなたの胸をはずませる期待のひとときではない、そこには必然性のない情事をまえにした重苦しい期待があるだけだ……必然性、nécessité、あなたはかれにむかってこのことばをわざとたどたどしい、まじめくさった発音でよく使っていた、たとえばかれの「しない？」という要求——かれも誘惑の愉しみのためにだけそれを口にしていたのだとあなたはおもうけれども——にたいして、「いや」「なぜ？」「だってそれをする nécessité がないんですもの」というふうに……けれどもほんとうは、かれにたいしては拒否する必然性があったのだ、あなたとかれのあいだでは、肉体による交りを無期限に封鎖しておくべきだったから……だが佐伯にたいして、あなたはそれを拒絶する必然性をみいださなかった、といってそれを承諾する必然性もありはしない……これではまるで矛盾だらけだ。やがてあなたは選ばなければならないだろう、佐伯をあいするかどうかを……それがあなたの不安だ、重苦しい期待だ。

　あなたは『京都市区分地図』をひろげる。たまたまあけたところは北区だった、大徳寺、金閣寺、等持院、上賀茂神社などが赤い枠で囲まれている……急にあなたは立ちあがり、コートとマフラーをとりだす、大徳寺だ、ここからそう遠くはない、大徳寺の大仙院、あの小さな庭をもう一度みてこよう……鍵をかける、柔かくて音のしない廊下、すぐあなたを迎えにあがってくるエレヴェーター、「一階まで」とあなたはいう。

四時十分だ、いまからならまだまにあうだろう、拝観時間はどの寺でも大概五時までだから……あなたは重たい鍵をフロントに預け、河原町通りにでる。急ぐならタクシイだが、あなたはあの悠長に首を振って走る市電に乗っていきたいのだ、そして東京のどこにもみることのできない低いわびしい民家の街、白々と広い路面をゆっくりと眺めていくこと……あなたは河原町三条まで歩く。ポケットにある赤い表紙の『京都市区分地図』があなたに五番または十五番の電車に乗ることを教えてくれる。あなたは紺の冬オーバーを着た女子高校生たちといっしょに電車を待つ、だがなかなかこない……

十五番がくる。電車は満員だ、あなたは最前部で運転台との仕切りに押しつけられたまま、首をのばして両側の街を眺める……まったく偶然にあなたは荒神口の停留所前にモダン・ジャズ喫茶店をみつける。《シァンクレール》という小さな店だ、なかをのぞいてみたいという誘惑があなたをむず痒くする、だがそのとき電車は動きはじめる……いつかいってみることがあるだろう……《シァンクレール》、ちょっと変った名前だ、《champ clair》なのか？

それは耐えがたい、いまは失われてしまったあなたの愛、かれの存在の跡を巡礼することはあなたを充分センティメンタルにする、そしてとめどない涙の分泌と胸をしめつける嗚咽《おえつ》があなたを通俗的な苦しみのなかにとじこめてしまいそうだ……あなたはそれを怖れている、やはりあなたには勇気がない、かつてかれと歩いた寺、かれとみた庭園のどこにも、いまはいってみる勇気がなくなった……大徳寺の大仙院にも、龍安寺にも、慈照寺、金地院、西芳寺のどこにも。雪曇りの空、強い底冷えと早い落日……あなたは悪条件を数えあげる、あなたの巡礼を中止する口実をつくるために……だが十五番の電車、西大路四条行きの電車はいま河原町今出川で左に曲ろうとしている、この電車はけっきょくあなたを大徳寺まで運んでいくだろう。あなたは譲歩する、やはり大仙院だけはいってみることにしよう、しかしそれだけだ、もうほかの寺にはいかないだろう、明日になっても……すくなくともかつてかれといっしょに歩いたところは……

　たしかに、それは残酷な巡礼だ。かつてかれと歩いた郊外の道、寺院とその庭園、あなたはそれらをめぐり歩く勇気を失ってしまった。それらはあなたがたの愛のための舞台装置だったが、いまとなってはその遺棄された舞台のうえの、埃にまみれた大道具や消えた照明のもとで亡霊のように群がっている小道具を点検して歩くこともないのだ……あなたはそれらのモニュメントから、あらたな意味をひきださなければならない、もしもあなたの巡礼を実行するとすれば。たとえばそれらをみること、それらの達成しているスティルの秘密をあなたの眼であばくこと……

　同志社前をすぎて烏丸今出川で右に曲り烏丸車庫までいくあいだに、乗客は吐きだされてまばらになる、大徳寺前でおりるのはあなただけ、いや、後の乗降口からおりた老婆とあなただけだ。あなたは電車通りを横切ると舗装されていない道を北にはいる、左手に門があったとおもう、六年まえの十月にかれときたときもそこからはいった……あなたは足をはやめる、拝観時間が午後五時までだとすると、もうあまり時間はない、いまあなたの時計では四時四十三分だから。門の両翼の土塀、卵色の典雅な土塀、門から山内へとのびる敷石の道、多くの塔頭をむすぶ石畳のうえの静謐《セレニテ》……いまこの巨刹《きよさつ》に観光客の姿はまったくない、あなたをのぞいては。あなたは右手にある金毛閣、あのときかれはその西側であなたにすばやいキスをした、いまとおなじように曇天の、人気《ひとけ》のない日だった……本坊まえに立っているのは聚楽第《じゅらくだい》の遺構、唐門《からもん》だ、日暮門《ひぐらしもん》とも呼ばれているが、いまは立ちどまって眺める暇がない、すでに冬の日は暮れかかっているのだから。カメラを手にぶらさげた青年が本坊からでてくる、そしてそのあとから若い女が……あなたがたもあのときにはこの恋人たちとおなじように本坊の庭をみたのだった、かれは方丈の高い縁側から広い白砂の庭のその広がりをとらえようとして、古いライカをのぞきながら苦心の体だった、あなたは縁の端から脚を垂らして間断なしにあなたのおもいつきを話しかけてかれを混乱させていた……

「とにかく、あの隅の石組を撮るといいのよ」

「もちろん、あれはいれたいけどね……こちらのだだっぴろい白砂敷の広さが肝腎なんだ……しかしどうもこの庭の構成は感心しないな、あの借景もつまらない」

「ひとがこないうちに、さっと庭におりて撮っちゃうのよ、ほら、あちらの隅から」

「……やっぱりあの七五三の石組だ、直線的に並べてあるけど、これはわるくない」

「ミチヲ、十五個じゃなくて十六個あるわ」

「十六個？　そんなはずはない」

「だって十六あるわよ。十六羅漢《らかん》っていうわけかしら？」


……だがいまはあのときの議論をたしかめにいく余裕はない、あなたはまっすぐに大仙院にむかう、その庭が、龍安寺、慈照寺の庭とともに京都の枯山水のもっともきわだった典型のひとつであるというのがあなたがたの一致した意見だったから……もう時間はほとんどないが、ここまできたからにはぜひともあの庭をみなければならない……

玄関であなたが靴の音をたてると、左手の受付の障子があいて、五十前後の女が顔をだす、それと同時に廊下のほうから頭のよく光っている僧が姿をあらわす、作業ズボンのようなものをはいて。「拝観させていただけますか？」——「修理中だが、よろしいか？」——「結構です。拝観料はおいくらですか？」……すると僧はにやりとして指を二本立てる。あなたは手袋をとり、ポケットの小銭をつかみだす、僧はそれをみてふざけたようにいう、「ほう、たくさんお持ちですな。全部いただいてもいいですよ」……

あなたは笑いながら十円銅貨を二枚、さしだされたぶ厚い掌に置く。僧はあなたに写真入りの説明書を手わたし、スリッパをしめす……たしかに修理中だ、この方丈は国宝に指定されているはずだが、解体大修理がおこなわれて、まだ完成していない、それにしてもあなたはこれほどの惨状とは予想しなかった、まるで久しく人の住まない空家に足を踏みいれたようだ……畳だけは新しい、だがそれも一部しか敷かれていない。あなたは庭をみる、あの極度に小さい、簡潔で充実したフォルムを達成している庭――しかしいまそこにあるのは寸断され、包繃《ほうほう》され、フォルムを失った石と砂と刈込みの集団にすぎない。庭の中央にさしわたされた板、そこに立てられた足場の柱……縁側には一人の男がうずくまってこの庭をみている、眼鏡をかけた、三十四、五歳の教師風の男、佐伯とおなじように、どこかの大学で講師でもしている人間かもしれない……その男はさっきからほとんど動かない、眼だけがゆっくりと石から石へと移動してその形と配置の妙をみきわめようとしているのだろう。あなたは立ったまま説明書をひろげてみる……

「……書院の間に坐ってこの庭を鑑賞すると、水墨山水画を連想させる風景である。椿の大刈込は遠山を表わし、その奥に立つ三つの石は山腹から落ちる滝である。滝水は滔々《とうとう》と三段に落ちて巨岩を縫い、曲折して自然石の石橋下を流れ、やがて水流は堰《いせき》にかかるように淀《よど》む。橋の東岸に鶴島《つるじま》、西に亀島《かめじま》があり激流は堰堤《えんてい》を落下して川幅広い川口に向う。ここに石舟が浮ぶ。舳《へ》先《さき》を川口にむけて出舟を意味し、形良いこの長舟石は日本最高のもの。渡り廊下に近い所は怒濤《どとう》岩嚙む荒磯《あらいそ》の光景である。白砂を水に舟石を船に見たてて、遠近法を巧に利用し、主に青石の石材と庭木をもって水墨画的気分を出す……」

あなたは支離滅裂な訳文を読まされた教師のように笑いだす。たしかにこれは要領のよい解説文だ、しかしひとつの文体ではない……裏返すと、英文の解説文までのっている。むろん、あなたにとってはどうでもよいことだ、どの石がなにをあらわそうと……あなたはこの庭に模倣された自然をみるのではない、堅固な様式で構成された人工物をみるのだから……だが、この庭はひとを誤解させる、ひとはこのなかに圧縮された自然をみいだす、というのもこれが自然よりも自然らしいもの、実在よりも実在的なものの形にまで到達しているからだ、つまりあなたはまっかな贋物をみているわけだ、どこにもないもののフォルムを……だから夕暮のなかでぼんやりと石の歯を並べているこの庭ほど不気味なものはない、あなたはマルローのことばに反して、ここにうずくまっているデーモンをかんじる……抽象の意志とは怖しいものだ、西欧的な抽象が怖しく、東洋的な抽象が優しいとはいえない、おそらく怖しさのちがいがあるだけだろう……

あなたがたは縁側に坐りこんでいた、この庭と、異常に低い縁があなたがたにそうすることを教えたのだ、立ってみおろすと、この庭はあまり狭すぎる、そしてそれは作庭者の意図にも反するだろう……

「じつに小さい庭だ！」とかれは叫んだ。

「全部で三十一坪ですって」

「絶妙な広さ、いや狭さだ」

「なぜ、もっと広くしなかったの？」

「それはだめさ、短篇小説をそのまま長篇小説に拡大するようなものだから」

「うまい理窟ね、そういうと、絵でもおなじことがいえるわね」

「小説のばあい、分量、枚数といったものが、小説のスタイルを決定する重大な要因じゃないかしら。その世界の広さの問題で、たんに長い時間をかけておこった事件だから長く詳しくかくという問題じゃない……」

「それはわかる」とあなたはいった……だがかれはなぜ小説についてそんなにも熱心に語ったのか？　かれは察知していたのかもしれない、あなたがその日記で小説の模作をしていたことを……あるいは、かれ自身もひそかに模作をつづけていたのかもしれない

……

「さあ、写真だ」とかれはいい、縁側に腹ばいになってカメラを低くかまえた。

「急所はあの隅のほうね。それからこの石」

「そいつはまったくみごとな石だよ、まさか削って造ったんじゃないだろうな」

「まさか……これ、出船らしいわ、ごらんなさい、吃水《きっすい》が浅いでしょ、まだ積荷がない

からよ」

「なるほど、うまく考えたな。それ、きみの新説かい？」

やっと縁側の男が立ちあがる、もうこれで充分だ、満足した、という顔ではない、ひどく陰惨な顔だ、困惑し、うちのめされたという顔を墨色のオーバーの襟にうずめている……かれは軽く会釈してあなたの横を通る。ふいにあなたはこの痩せた、謹厳な顔の持主から啓二を連想する、かつてのあなたの内気な騎士のひとり、肺浸潤を宣告されたが誤診で、無事にT工大を卒業し、S電機に勤めている啓二のことを、あなたはおもいだす……

今度は、五番の電車がすぐやってくる、不恰好な魚のような頭を左右に振りながら。あなたは下半身を麻痺させる冷気から逃れようと勢よく電車に乗りこむ。だが電車はからっぽだ、老人の口中に残った歯のようにみえる数人の乗客、かれらもからだをちぢめて寒さに堪えている。まったく寒い電車だ……あなたは回数券をだして、手袋をしたままの指先で、一片だけ切りはなす。手も足も冷えきってしまった、そしてわるいことに、この京都の北のはて、紫野の寺の寒気のなかにたたずんできたためあなたはいま《cabinet d'aisance》へとかりたてられているのだ、寸刻を争うほどではないけれども、その欲求がいっそう寒さを耐えがたくする。煖房のある店で熱いコーヒーかココアでも飲み、からだをあたためたほうがよい、そして同時に《cabinet d'aisance》で心ゆくまで気楽になることだ。

府立病院前、次が荒神口だ、たしか荒神口だった、《シァンクレール》という店をみたのは……おりてはいってみよう、おなじ気楽にするならモダン・ジャズをやっている店でするとよい。電車をおりるとそこからこの河原町通りと直角に、左への道、荒神橋に至る道がはじまっている。《シァンクレール》はその角にある。木造の、小さな、二階だけの店だ、新宿の《ポニー》も二階だけの店だったが、もっと大きかった……若いウエイトレス、どこの喫茶店でもみられるタイプのウエイトレスが二人、あなたを迎える。なかは暗い、少々暗すぎるほどだ。あなたはステンド・グラス風の窓のそばに坐り、コーヒーを頼む……音はお粗末だ、しかし京都でこんな店がみつかったというだけでもあなたは寛大になるべきだろう、東京の店にたいするのとおなじ期待はもつべきでない……いまやっているのはだれだろう、あのトランペットは？　……ああ、ドナルド・バードの《Off to the races》だ、それにしても情ない音だ、バードの太い輝かしい音色とはまるで別物にきこえる、これは風邪をひいて喘《あえ》いでいるラッパだ。次にでてくるペッパー・アダムスのバリトン・サックスは牛のうめき声で、ジャッキイ・マクリーンのアルトは金属性の叫喚だ……かれとはじめて《ファンキイ》にいったときからあなたはたぶん二十回以上もこのアルバムを聴いているだろう、《Lover come back to me》ではじまるこのアルバムを……コーヒーがくる、ウエイトレスが「なにかリクエスト、ございますか?」とたずねる。あなたはあわててリストをみせてもらう、いま《Off to the races》のA面が終って、もう一人のウエイトレスがプレイヤーを止めたままあなたの選択を待っているのだ。最近の輸入盤ははいっていない、聴いたことのあるレコードばかりだ……あなたはキャノンボールの《Some thin' else》にきめる、A面、つまり《枯葉》と《Love for sale》のあるほうだ……あなたは急いで《cabinet d'aisance》にはいる、マイルス・デヴィスのソロ、暗鬱だが光輝にみちて簡潔な最初のソロにまにあうように。

《シァンクレール》のまえであなたはタクシイを待つ。六時二十分。もうホテルに帰ってもいい時刻だ、佐伯も八一四号室であなたを待っているだろう、なんのために待つのかわからないが、多少いらいらして待っているだろう、一夜だけの同宿者であるあなたを、たぶん、一夜だけの情事の相手であるかもしれないあなたを……あなたは手をあげる、ブルーバードだ、「京都ホテル」とあなたはいう……あなたを待っている佐伯の顔、ひとりになったときの男の顔、四十歳の、著名な評論家で大学の講師である男の顔、ひとりでいるときの佐伯はたぶんおもいきって陰惨な顔をしているだろう、その暗鬱な皺だらけの内面をそのまま露出して……それはあなたには愛しきれない泥炭のような存在、ニコチン臭のする存在だが、あなたはそれに同情することができる、この存在に愉しみを与えることができる、しかし充分待たせたうえでのことだ、「まっすぐ四条までいってください」とあなたは運転手にいいなおす……

かさばるということさえなければ、あなたはパジャマを旅行鞄にいれてくるのだった、いや、佐伯とひとつの部屋で寝ることがわかっていたら、少々かさばろうとパジャマをもってきたにちがいない。あなたはあのネグリジェという代物に嫌悪を抱いているのだ……あの首のまわりにレースのついた桃色や紫色の極度に類型化された媚態の衣裳、男にたいして有効であると信じられている装飾的な寝室着、それを身にまとってベッドに寝そべっているのは媚態の戯画、みじめでぶざまな図だ……あなたはかれのまえでもそれを着たことがなかった、まして佐伯のまえであんなものを身にまとうことは……

あなたは一軒の婦人物洋品店にはいり、パジャマを買う、レモン色と山吹色の縞模様のパジャマにきめた、まんざらわるくはなさそうだ……あなたはパジャマのはいった黒い抽象図の袋をぶらさげて店をでる。

四条河原町の交叉点に立って、あなたはぼんやりと考えている、このままタクシイを拾ってホテルに帰るべきか、それとも……あなたは脚や腰に疲労の硬い塊をかんじる。はやくホテルに帰ってベッドで横になったほうがよい。しかしあなたが気がすすまないのは、佐伯とのあいだにできてしまった関係が、次第にあなたを重苦しく圧迫しはじめているためだ、頭上で明滅するネオンの文字をあなたはみあげる、カルピス、アサヒビール、アリナミン……そのとき、信号が青に変り、あなたは歩行者の流れにひきずられて足を踏みだす、そして鴨川のほう、京阪電車の四条駅のほうへ、歩きはじめる。

いま高瀬川には水がない、かつての水位のあたりまで土と塵が堆積している。川底が高くなったというよりも、流れていた水がいつのまにか汚い土に変り、動かない、死んだ流れになってしまったようにみえる……あなたは乾いた運河をみおろしながらそのかすかな死臭を嗅ぐ。

褐色の背の高いこのビルが東華菜館だ、あの年の十月の下旬、かれがあなたを残して東京に帰る前日、あなたとかれと牧子の三人でここの五階にのぼって中華料理を食べたことがあった……

もう佐伯はホテルに着いて、あなたの不在を不審がっているころだ、それともあなたの不在を利用して、明日の講義のために——佐伯は几帳面に下準備などをする習慣をもたなかったけれど、とあなたはおもう——テキストをもう一度通読しているかもしれない。あなたの気まぐれにいらだちながら、タバコをくわえ、窓ぎわに立って東山のほうを眺めている佐伯を想像するのは多少愉しいものだ。……だがあなたはいったいなんのために京都までやってきたのか？　いまあなたは佐伯との情事、不毛な、たぶん疲労のうえに疲労を塗り重ねるにすぎないだろう抱擁によって、いっそう深く絶望の泥海に沈みこんでいこうとしている、それはいま、本来の目的であったかのようにこの京都のあらゆる細部にまで浸透しつつある……京都、不毛な情事の都市、死んだ愛の屍姦の場所。それにしてもあなたの旅行の目的は次第に修正され、形を変えていく、そして曖昧な、まだ輪郭の固まらないあなたの京都は、佐伯を核として凝固していくだろう。あなたはそれを望んではいないが拒否しようともしない……

またみつかった、モダン・ジャズの店が。今度は《珊瑚礁》という名の大きな店だ、あなたがそのまえで足を止めると、ボーイがもう扉をあけて待っている、あなたはぼんやりと吸いこまれる。二階にあがる、かなり混んでいる、学生と恋人たちばかりであなたのような一人きりの客はみあたらない……あなたはスピーカーから遠い隅の席に坐り、フルーツ・ジュースを註文する。いまやっているのはカーティス・フラーとベニイ・ゴルスンの《Blues-ette》だ、去年あなたが《ファンキイ》で何回もきかされたアルバムだ……店内はひどく騒々しい、ほとんどだれもトミイ・フラナガンのソロなんかきいていない、あなたはいらいらする……《Five Spot after dark》が終ったところであなたは立ちあがって下のカウンターへおりていく、電話をかけて佐伯をこの店まで呼びだすために。

あなたがたの部屋は八一四号、あなたは佐伯夫人であり、主人が着いているはずだからつないでもらいたいというわけだ……佐伯の声がきこえてくる、あの鼻母音の癖が少し耳につくしゃべりかた。「《珊瑚礁》？　モダン・ジャズをやっている店？　どの辺にあるの？　……ぼくはいま部屋にはいったところだ。お風呂？　まだ。着換えもまだ。じゃ、すぐそちらへいこう」

二人の人間が媾《まじわ》るということは意外にやさしいことかもしれない、すくなくとも肉の結合がおこなわれる時間に関しては、とあなたは考える。それは時間の死だ、そののちあなたがみいだすのはまっ黒な果実の形をした時間の死骸だ、そしてまもなくそれもあなたの子宮のなかで溶けてしまう、するともうそれをおもいだすことは困難だ。二人の人間はこの果実をいっしょに、だが別々に、食べあう、その背をむけあって、完全な孤独のうちに……しかしそれに先だつ共同の生活はなんという耐えがたさだろう、それはお祭りだ、こまかなしぐさで順序よく組みたてられた儀式でなければならない……

「いつも泊る宿があって」と佐伯はいう、砂漠の色をしたコートをぬいで椅子に投げだしながら。「……木屋町の古い旅館だ、ぼくのアミがやっている」

アミ、もちろん《amie》だろう、《ami》ではなく……軽い嫉妬に似た興奮があなたの胸に集る。

「どんなかた？」

「彼女はぼくの高校時代の同級生だった男と結婚していたが、三年まえに死に別れた……ぼくとはときどき寝る仲だ」

「今日も？」あなたは手袋をしたままの掌のくぼみに顎をのせて、口をとじたまま笑う。佐伯は肩をすくめ、テーブルのうえで手をひろげてみせる、あなたは追求する、佐伯の細い眼をおしひろげ、掘りかえすようにみつめながら……すると佐伯は下唇の下に皺をつくる、これはフランス人のよくやる表情だ、そんなものがすっかり身についているおかげで佐伯は若い娘に情事を追求されている四十歳の男の滑稽さを免れる。

「ぼくのアフェールに関心をおもちのようだね」

あなたは笑ってうなずく。

「今日はちょっとアンブラッセしただけ。別の用事があって彼女――ゆかりさんというが、彼女に会いにいったんだよ」

「ゆかりさんとおっしゃるのね。憶えておきます」

「どうぞ。ああ、きみ、コーヒー」と佐伯はボーイに呼びかける。

「これは？」

「ドナルド・バードの《Fuego》のB面。聴いて……ちょっとおもしろいでしょう？

ファンクの典型みたいなスタイルで、とくに最後の《Amen》が変ってるの」

「……ゴスペルのスタイルだね」

「よくご存じなのね」とあなたはいう、鼻の稜線《りょうせん》に皺をよせて笑いながら。「モダン・ジャズもかなりお聴きになる？　このあいだのアート・ブレイキイはいらっしゃった？」

「いきましたよ、友だちの編集者に引っぱられてね。しかしあのグループはコンサート・ホールの舞台にあげると場違いという感じだったね。連中もかなりご酩酊じゃなかったの？」

「そうらしいの」とあなたはいう、佐伯はからのカップをわきにおしやると、《ケント》をだしてあなたにすすめる、あなたが一本抜きとると、ライターで火をつけてくれる。

「モダン・ジャズは」と佐伯はタバコをくわえたままいう、「けっきょくレコードで聴くべき芸術じゃないの、ぼくはそうおもったな……あの、《Moanin'》とかいう曲ね、あれだって、もう何百回となく演奏してきたんでしょう、やるほうもうんざりしないのかな、連中もずいぶん疲れていたようすでしたよ……お客のまえではそれなりの芸をみせているつもりだろうが、やるほうも聴くほうも相当荒れていたね……」

　これが佐伯の調子だ、教室のなかではこのあいだに外国語を黒板に書きならべ、それを説明し、いつのまにかフランス語でしゃべりだす、学生のあいだではあまり評判のよくない講義だった……あなたは急に雄弁になった佐伯の口を微笑しながらみつめている、まったく同感することもできるし、それとおなじ強さで反論することもできる、そこであなたはうなずきながら黙ってきいている……

……佐伯の手があなたの手をとる。あなたははげしく顔をあげて佐伯の眼に反撃を加えようとする。しかしかれは盲目だ、かれはあなたをみていない、かれの眼はなにもみていない、それは光る穴、つややかな粘膜に似た眼、うすくらがりのなかで、それは肉とエロティスムの王国にむかってみひらかれているのだ、あなたの内部の、どこまでも曲りくねって深い性の帝国をさぐるかのように佐伯の大きな両手は、あなたの指を束《つか》ねながら手首をしっかりと握っている、あなたの手はこの露骨に所有的な把握から逃げだせない……あなたの指のもがきにつれ、薄い、しなやかな山羊皮の手袋がゆっくりと剝ぎとられていく。あなたは裸にされてしまう、かつて知らないほど淫らな裸に。あなたは血でいっぱいになり、幼女のように身を堅くする、こんなエロティクな愛撫は予想もしなかった、薄いしなやかな山羊皮の手袋はゆっくりとあなたの手から剝ぎとられる、赤い糸で指のかたちに縫いあげられたあなたの表皮はいまその灰色の裏皮をみせてあなたからはなれる。驚愕のあまりなかばひらかれた五本の指、薬指に蒼白のオパールの飾られたこの白い五本の精妙な指は、細長い魚のように輝いている。佐伯の手がそれを裏返す。あなたは怒りをしめすべきだ、かれはいまどんな愛もなしにそのきわめて催淫《さいいん》的な手であなたの指をしゃぶりはじめているのだから。力をこめ、靴の尖った踵《かかと》で、あなたは佐伯の足の甲を踏みつける、だが失敗だ、あなたはかれの欲望をかきたてただけだった、あなたはかれに抵抗するというよりはあなた自身の敗北と恍惚を確認するためにますます強く佐伯の足を踏みにじりながら、眼をとじ頭をうしろに投げだす。佐伯はフランス人のように無遠慮な好色さであなたの掌に接吻する、そして熱い舌がゆるやかに動きながら掌のくぼみを執拗に味わいつくそうとする……

だるい微笑、細められた眼、欲望の跡を渚の泡のように残している垂れさがった唇……佐伯の顔はあなたのまえでひどく肉感的だ、あなたも疲れたような微笑を浮べているが、それはいつものあなたらしい統制された微笑ではない、あくびのように、あなたの口ににじみでてきたものだ。あなたの指は男の大きな手の甲に無意味な曲線をえがきながら単調な循環運動をつづけている。

「Je t'adore……」佐伯が低い声でいう。

「もう tutoyer なさるのね」

「きみの手に、いったのさ」

「消しゴムがあったら、この手を消してしまいたい……」

「汚れたらしゃぶるさ、子どもみたいに」

「じゃ、あなたに」といいながら、あなたはその手で鋭い刃物のひと刺しのように佐伯の口を襲い、かれの皮肉そうな唇を軽くはねあげる。あなたはたいそう満足して佐伯をみつめている、一瞬その顔が当惑でゆがんだから。

七時十分すぎ……佐伯が五百円札をだして勘定を払う、そのとき釣銭といっしょにブルーのサーヴィス券を二枚と、緑色のパンフレットがさしだされる、佐伯が釣銭だけをとったので、あなたがそれらのきれいな紙片をうけとる。サーヴィス券の裏をみると、《この券十枚にて粗品進呈……この券四十枚にて越味の灰皿進呈……》と印刷してある。むろん《趣味の灰皿》の誤植だ、しかしあなたが近い将来ふたたびこの店にくることもあるまい、ただおぼえておこう、いつか京都へくることがあれば、この券をふやして《越味の灰皿》をもらう日がくるかもしれない……あなたはコートのポケットにパンフレットとサーヴィス券をしまいこむ。

「ホテルに帰って食事しようか？　それともどこか外で……朝日会館の五階に《アラスカ》があったね」

「でも、あたしはあまり食欲がないんです。サラダのようなものしか食べられそうにないの……ああ、手軽で便利なところがあるわ、すぐ近くに。少し混んでるかもしれないけど、いってみる？　あの角の《不二屋》」

「いいだろう、きみはいったことがあるの？」

「ええ、去年の三月に……」

去年の三月、あなたとかれが伊勢、志摩から紀伊半島を一周旅行して東京に帰る途中のことだった、あなたがたはステーション・ホテルに部屋をとってひと休みしたあと、河原町にでてきた。そのときかれがこの《不二屋》をみつけたのだ、やはり夜の食事の時間で、二階は混雑していた……あなたがたはミックス・グリルを食べ、生ビールを飲んだ、そのせいだったかもしれない、あなたは食事が終って階段を降りるとき、足を踏みはずして四、五段ころげおちてしまった。

階段をのぼりながらあなたは佐伯の腕に右手をかける、ころげおちないための用心だ、こうしていると安心だ、万一足を踏みはずしたとしても……扉を押す、すると《Herr Oberi》と呼びかけるにふさわしい男が――どうやら去年かれときたときとおなじ男だ――「お二人様ですか」といい、佐伯とあなたを奥のほうの席に案内する。あなたは佐伯にミックス・グリルをすすめる、「じゃ、それにしよう、きみは?」――「あたしは海老のはいったサラダにする」――「飲みものは?」――「生ビール」

新京極を歩いたのち、ステーション・ホテルに帰ると、あなたがたはバスを使い、それから一週間にわたる旅行の終りを記念するかのように、熱心にあいしあった、あなたがたの愛の歴史そのものである愛の技術のすべてをもちいて……それはしかしこの京都に捧げるために演奏されたバラードのようなものだった。京都、十九歳を迎える直前のあなたが十九歳を迎えたばかりのかれとはじめてあいしあったところ、あなたがたの愛の聖地である京都のために、あなたがたは敬虔な愛撫をかわした、その指で肉体化した愛の記憶を相手のからだから発掘するために。そして京都について夜が更けるまで語りあった……

「京都にはかなり詳しいようだね」と佐伯がいう、あなたはジョッキを握ったままうなずき、微笑する……

「Q大にはいるまえ、一年のあいだ京都にいたんです、L女子大にはいったので……夏休みにならないうちに、勝手にやめて、それからは浪人暮しだった……」

「どこに住んでいたの、そのころ？」

「最初は女子大のすぐ近く、東山の馬町……それから岡崎通りのほうに移りました」

「平安神宮の近くだね」

海老の冷製とコールド・チキンのはいったサラダにあなたは三分の一ほど手をつけたままだ、ビールもとうてい飲みほせそうにない。

「よかったら、この海老、召しあがらない？　このお店なら平気よ」とあなたは佐伯にいう、あたりをみまわして首をすくめながら……そんなことはあなたとかれのあいだでは毎度のことだった、しかしいま、佐伯にもこの馴れ馴れしい行為をすすめているのは一種の軽佻《けいちょう》さからだ、あなた自身は気づいてないが、それはベッドをともにするまえの親密さの交換という意味をもったしぐさだ……

「遠慮なしにいただこう、猛烈に食欲があるところだから……」

「お昼、何時だった？」

「一時四十分」

「食堂車で？」

「そう、それからアミのところで茶碗蒸しをご馳走になっただけだ」

酔いのためだろう、佐伯の顔は次第にあなたから遠ざかる、あなたはテーブルのうえに両腕でピラミッドの形をつくり、その頂上に顎をのせている。このまま酔いがさめなければいい、このままベッドにはいって眠ってしまうこと、すべてを佐伯にまかせて……

「あなたは小説をお書きになったこと、ない？　……ああ、『幻の画架』があった」

「もうひとつ『蛮地にて』というのも書いた。読んだかい？」

「読まない、両方とも。でもどうしてそのあとお書きにならないの？」

「憂鬱な質問だな、それは。つまり、ぼくには小説を書く資質がないのだ」

「詩もおやめになったのね、ずっとまえ書いていらっしゃったのに」

「詩ならいまでも書けるとおもう。ぼくの感じでは、詩と批評にはつよい血縁関係がある、少くともぼくにとってはそうだ。小説はそれから遠ざかる。小説にはなによりも想像力が必要だね」

「イマジナシオン……それをもう少し限定すれば？」

「小説のばあい、イマジナシオンは詐術として働く、といっていい、つまり、小説書きのイマジナシオンはまず認識論上の手品でなくてはいけないということだろう……少しずつ、着実に欺していく、読者とのあいだで小説が完成したとき、贋物がレアリテになる」

「レアリスムの理論ですね」とあなたはいう、テーブルのうえで両手をからみあわせながら。

「ところで、そのイマジネールな世界を統制しているのはなにかしら、外にある世界や生活なのか、その小説家のことばなのか？」

「それは両方だ、ことばというものも外の世界へのかかわりかただという意味では。しかしぼくは小説家の想像力の自律性を強調したい、その気もちからいえばあとのほうをとりたい……最近は小説家が自分だけのことばの海というものを失って、新奇な事件を考案することに想像力を発揮したがっている。それではだめだ、小説のばあいも詩とおなじことで、ことばはものを指示する道具なんかではないはずだ。そういうことに気がつかない小説書きは芸術家とは無縁の人間ですよ、かれらはスティルというものに到達することができないのだ……」

　タクシイのなかで、あなたは佐伯の肩に頭をもたせかけている、それはかれとのあいだでできあがったあなたの習慣のひとつだ、そして佐伯の顔を横目でみあげながらの微笑、それもあなたがかれにたいしてやっていたことのひとつだ……ホテルのエレヴェーターの扉がひらくと、佐伯はかすかに皮肉の微笑を浮べ、あなたを先にエレヴェーターに乗せる、外国人の作法にしたがって……

「先におはいりになって」

「ぼくは急がない」

「あたしにはいろいろと準備があるの、裸になるのにも。どうぞお先に」

　佐伯はカフス・ボタンをはずし、ワイシャツをぬぐ、そしてズボンをぬぐと、ラクダのシャツとズボン下という冬の男性特有のふしぎないでたちをみせられることになるだろう、あれは男をひどく子供っぽくみせるか老人臭くみせるかのいずれかだ……あなたは鏡のまえに坐っている。ガラス張りの机のなかには京都ホテルのネーム入りのハガキ、電報頼信紙、封筒、食堂やグリルの料金表がはいっている、あなたは《à la carte》の料金を読みはじめる、ホテルに泊ったときこれをみるのがあなたの癖なのだ、そしておそろしく高い料理をみつけるとあなたは嬉しくなってかれにその料金を読みあげてきかせたものだった、どうせ食べはしないのだから、高いほど嬉しくなるわけだ……

「ねえ、carte de géographie ってご存じ?」

「知らないね」と佐伯は答える。

「あなたにも経験があるとおもうわ」

「寝小便のことかい?」

「近い。お風呂のなかでよく考えてごらんなさい」

「すぐでるよ」

「急がないで、どうぞごゆっくり」

裸になり、バス・タオルを巻きつけると、あなたは浴室に首をさしいれる。

「まだ?」

「いま湯をいれかえるところだよ」

「寒い。もう裸になっちゃったの」

白と赤褐色の、まだらの皮膚、ゆるんだ筋肉、まばらなヒースにおおわれた荒地。それが佐伯だ、痩せて背の高い佐伯の裸体だ、けっして貧弱ではない、むろん脂肪層による偽の充実はない、しかし輝かしい筋肉の装飾もない、ちょうどそれは生理学教科書の人体模型図をみるようだ……あなたは笑いだす、この人体をみただけであなたは悪意のない笑いをおさえることができないのだ。

「ごめんなさい、眺めちゃって。でも珍しかったの、四十くらいの男のひとのからだって……」

「珍しくはないさ、ぼくなんか。多少貧弱なだけだ」

「そんなことないのよ、ただ、あたしは……見慣れなかっただけなの」

「湯がいっぱいになるまでそうやってぼくをみているつもりかい？」

佐伯は手をのばしてあなたからバス・タオルを剝ぎとり、二つにたたんでタオル掛けに掛ける……今度はあなたがみられる番だ、いま、あなたはなにも身につけていない、あなたをおおい隠すのに二枚の掌と二本の腕ではほとんど無力にひとしい、いや、いまとなってそんなものを動員するのはあなたの審美癖に反する醜態というものだ。あなたは微笑する、佐伯のまえに裸で立つことはあなたにとっては診察衣を着た医師のまえに立つよりも気楽なことだ、水中を泳いでいるような気もちだ……


眼をとじて、あなたは立っている、手をうしろで組み、右脚をまえにだして、アトリエでモデルたちがよくとるようなポーズで。眼をとじているのは獲物に手をくだすハンターのぶざまな興奮をみないためだ、そしてあなたの考えを追うためだ。眼のなかにとじこめてしまった世界を薔薇色の血が肉感的にみたしていく、それがあなたのなかの世界、皮膚の裏側の世界だ……いまはもの音ひとつきこえない外の世界との境界をなすのは、あなたの肉の曲面だ、あなたはあなたの肉の形をみることができる、内部から、たとえば水底に寝て水の面が外光と戯れているのを眺めるように。

とつぜん、怪物の手があなたをつかみ、かかえあげてバス・タブにおしこむ。湯気のあいだに髪を乱したミノタウロスの顔、それはかれではなくてみたこともない動物だ、あなたは熱い湯のなかで軽い錯乱をおぼえる。「どう、湯加減は?」……それは見慣れない男の顔、青年でも老人でもない男の顔、その顔の主をあなたは佐伯と名づけてあったはずだが、いま湯気のむこうに立っているのは、腰のまわりをタオルで防備したひょろ長い裸体だ、あの人体模型のような……あなたは笑いながら、「とてもいい」といい、頸をそらせ、脚を組む。

あの醜い胴体からどうしてあんなにも知的で官能的な手がぶらさがっているのか?あのすばらしい手、かれの純潔な指よりも少し硬くて汚れた職業的な指、かれの父の細長い手よりももっと繊細で力強い手、はるかに魅力的な手、いわば精神がその特有の用途のために調達した義手……佐伯はまだ湯気のむこうに立っている、あなたをみているのだ、その手をだらりと垂らして……あなたのどの部分に愛撫の手をのばそうかと思案しながら……「珍しそうにごらんになるのね」とあなたは皮肉をこめていう、佐伯はバス・タオルを腰のまわりに巻いて鏡のまえに退却する、もう安心だ、気がかりな見物人はからだを拭いて退出するつもりだ。佐伯はドアに手をかけながらあなたのほうをみないでいう、「きみは、ずいぶん若いんだな」……あなたは口のなかでメルシイとつぶやく、急に恥しさで喉をつまらせながら。

はじめてかれと完全な自然の状態でむかいあったとき、あなたの表面は夏の陽を浴びた砂のように灼けていた、肩にかれの指先が触れただけで、あなたのからだは放電の火花を発しそうだった……あなたがたは祇園の旅館の《岩風呂》のなかで立ったままむかいあっていた、ほとんど相手の形をみることもできず、過熱した《愛》の形だけをかんじながら……それからあのロダンの『接吻』のようなねじれた抱擁のなかで、あなたの胸はかれの胸でおしつぶされ、あなたの手は堅くて熱い枝を握っていた……

抛物線をえがいて並んだあなたの足の指……昨夜《キューテックス》で桜貝の色に塗ったその爪を湯のなかでみると本物の貝殻に似ている……かれはあなたの足の爪にマニキュアをするのが好きだった、ベースコートを塗るとかれはあなたの足をもちあげ、息を吹きかけて乾かした、その日常的なことがらをするのに祭式を司る呪術師のような顔をして……あのうつろにあけられた口のなか、愚かしくみえる歯列、歓喜の極に近い暗黒の穴。あなたはその口のなかへ奢った脚をのばしていた、堅く指をそろえて……

石鹸のなめらかな泡のなかであなたは息をひそめる。浴室のなかは静かになる、だが密閉されたこの浴室のなかから、外の物音は全然きこえない……佐伯はもうパジャマに着換えているだろう、タバコをくわえ、窓ぎわの椅子に身を沈めて東山の夜景を眺めているだろう……あなたは湯を流す……とつぜんだれかが短剣をもって襲いかかってくる予感、だれが？ ……かれだ。かれは人形のように立ちすくむあなたの胸に、下腹部に、頸に、古代風の錆びた短剣を突き刺す、あなたはからっぽのタブのなかに折りたたまれるように倒れ、暗黒の管に吸いこまれていく血の音をきく……これではいつかみた映画そのままだ。あなたは青いからっぽのタブに寝そべり、湯と水を適温にしてだしっぱなしだ、しかし少しも溜らないのは栓をすることを忘れているからだ、あわてて栓をすると、穴がものを吸いこむときのあの音がしなくなる、ふたたびタブに湯がみたされる……

バス・タオルをからだに巻きつけて、あなたは鏡にむかう。湯気に蒸されて薔薇色の光沢をもった顔、この輪郭のやわらいだ顔をあなたは好まない、これはまぎれもない女の顔、温い肉質の花だ……あなたは冷たいアストリンゼントをつけ、ゆっくりとクリームを塗りこむ、それからからだにオーデコロンをふりかけるとあなたはできあがる、あとはパジャマを着るだけだ……あなたは浴室のドアをわずかにひらいて腕をのばす、

「ねえ、そのパジャマ、渡してちょうだい」

窓に近いほうのベッドが佐伯のベッドだ、かれはそのあなたのひとりぎめに従っている。あなたは勢よく自分のベッドでからだを弾ませる、「ああ疲れた」といいながら。

「どこか寺へいってみたの？」

「ええ、大仙院へ」

「修理中だったろう？」

「ご存じだったの？」

「だいぶまえから解体修理をやっている。じつは去年ぼくもいってみたんだよ……どう、きみもやるかい？」佐伯は手にしていたグラスをあげてみせる。

「ええ、飲みたい。そうだ、あたしチーズをもってるわ、だしましょうか？」

「用意がいいんだね」

「非常食なのよ、ホテルで真夜中におなかがすいたときにはお手あげですもの」

あなたは旅行鞄をあけて、底のほうからピーメント・チーズとナイフをとりだす。佐伯は角瓶とグラスをもって窓ぎわのテーブルに移る、あなたは包装紙をひらいてチーズを切る。

「ここからの眺め、すてきですね」

「ああ」

「なんだか夏の夜景みたいな気がする……雪が降っていちめんに真白だといいのに。あたしが京都にいた冬は全然降らなかった、一度雪をかぶった京都をみたいわ……たとえば雪の降りつんだ木屋町や先斗町、鹿苑寺の庭……」

「いいだろうね」

「あなたは京都のどんなところがお好き？」

「街が猥雑でないところがいい。人間が住むにはこういうところでないといけない……きみの家、鎌倉だったね。鎌倉もわるくない」


グラスをもったままあなたは厚いガラスにもたれている。佐伯が近づく、あなたとむかいあってかれもガラスにもたれる、あなたは黄いろい燈火の列、明滅するまばらなネオンをみているが、佐伯はあなたをみている……佐伯の手がのびて、あなたのグラスをとりあげテーブルにおくと、その手があなたのうしろにまわって長い髪を束ねて下に引っぱり、あなたの顔をあおむけにする……あなたは接吻される……

「きみは男とどれくらいねたことがあるの？」……あなたは睫毛のブラインドをおろし、自分の鼻をみつめてふざけた顔をつくる、そして尖らしていた口をゆるめて微笑しながら、「数えられないくらい」と答える、「あなたは？」……「ぼくは忘れた。いくらたくさんの女と寝たところでおなじことだ、女はけっきょくのところ、愛したがり、愛されたがる。それにはうんざりだ……欺しているだけで疲れる。誘惑と征服はぼくの目的ではない、ぼくはドンファンにはなれない……だから金で快楽を売ってくれるだけの女がぼくにはいちばんむいている」……「わかります、あたしの叔母と離婚なさったのもたぶんおなじ理由ね」とあなたはいう、脚を曲げてベッドに坐りなおしながら。「ぼくには家庭というものは不必要だからさ」と佐伯はひどく親しげな調子でいう、「ヨーロッパにいるあいだ、そのことについてはよく考えた……といってもフランスあたりにお手本がころがっていたわけじゃない、かれらだって日本人とおなじで、家庭という殻を大事に守ることは蝸牛《かたつむり》以上だ。しかしぼくらは自分にとってもっとも合理的な生活様式を考えだしてもいいだろう。たとえばぼくに必要なのは家庭や妻ではなくて、仕事場と女中、それから仕事場の外でそのときかぎりぼくを愉しませてくれる女だね。愛はいけない、ぼくには必要のないものだ」……「それなら」とあなたは急に輝かしい声でいう、「あたしもあなたを愉しませてあげられる女の一人だわ……じつは、あたしもあなたとおなじ考えをもっていたんです、といってもべつにあなたをお手本にしたわけではなくて……」あなたは笑いだしながら佐伯にむかって片眼をとじてみせる、「あたしもこれから先結婚しないでいるつもりです。あたしのアマンもその点では一致していましたわ……」佐伯は毛布から首だけだしてあなたをみる、「寒くないの、そんな恰好で起きていて」……

かれとあなたが婚約したころからだった、あなたがたのあいだにひとつの合言葉が生まれたのは。それは《サルトルとボーヴォワールのように》という合言葉だった、恥しいのであなたがたはそれを人まえで口にすることはなかったけれども……ボーヴォワールの自伝を読むまで、あなたがたは二人の関係を想像したり推測したりするだけだった、しかしそれはあなたがたにとって理想的な関係だった……ただ、かれはサルトルを、あなたはボーヴォワールをそれぞれすこしずつ軽蔑していた、とくにあなたは『招かれた女』を読んでから、あの《フランソワーズ・ミケル》とその作者、芸術家の資質にはいささか乏しい賢明な作者を軽蔑するようになった……彼女があのやぶにらみのずんぐりした小男と寝ることを考えると、まったく噴飯ものだった……とはいえ、サルトルとボーヴォワールはあなたがたの教師にはちがいなかった、あなたがたは《サルトルとボーヴォワールのように》理解しあって——それは大いに喜劇じみたことだとあなたはおもったが——仕事をし、生き、老いていこうと考えていたのだ……

ベッドに運ばれるあいだ、あなたは佐伯の腕のなかでめまいをかんじる……かれの腕のハンモックにゆられてもこんなことはなかった……だが佐伯の腕はあなたを情事へと運びこむ輿《こし》だ、それはあなたをすぐ酔わせる……あなたは頭と髪、そして腕も垂らして死んだ女のようにしている……

見習中のアマント、処女のようにぎごちないメエトレス……あなたは佐伯の胸の下で眼をとじて沈黙の、動かない人形となっている、顔をとりかこむ髪を佐伯の手が払いのけると、あなたの額が広くあらわれる。佐伯は額のうえに唇をおく、まったく身動きをやめてしまったあなたに用心しているのだ、未知の、とつぜん咬みつくかもしれない動物でも扱うように……かれはいったんあなたからはなれて距離をとる、その眼であなたを確認するために、あなたが申し分ないアマントになりきっているかどうかをみるために……だがそのときあなたは眼をあけて鋭く佐伯を刺しとおす、そしてゆっくりと首を振る、拒絶の合図だ……

佐伯はあなたの眼を無視する、かれは金庫をこじあけようとしている熟練した強盗のような手つきであなたのパジャマのボタンをはずすことに熱中している、あなたは世界の外にしめだされた狂女のように無関心な眼で佐伯をみる、あなたの胸を愛撫しているかれの手を、そしてあなたの変化を観察しようとしている油のように光るかれの眼を……そのあいだにあなたの下半身はもちあげられ、パジャマのズボンが奇蹟のように消え去ってしまう、あなたの二本の脚をベッドに残して……

かれとあいしあうことは、仲のよい兄と妹の遊戯に似ていた、だがいま佐伯がこころみる愛撫は、傲岸な女神像のように横たわっているあなたの表皮を剝ぎとり、蒼い大理石のなかからエロティスムの地帯、その赤い果肉の層を掘りおこしてしまう……

そこであなたが必要としていたのは、処女性の凌辱というテーマだった、かれによる強姦、あの八月の海での強姦につづく第二の強姦、だが今度はかれのファロスをつうじて失われた世界を吸収しとりかえすための祭礼……苦痛と血をみるあの愛の燔祭《はんさい》……あなたは泣いていた、痛みのためではなく、イマジネールな歓喜のために、成功のために……

あなたがたはあのとき譫言《うわごと》に似たことばと熱い息でからだを包みあった、かれはあなたについて、その乳房から生えている薔薇のつぼみについて、頸と鎖骨について、腋窩《えきか》の金色のくぼみについて、下腹部の丘について、詩的なことばで語っていた、その唇と手であなたを探検しつづけながら……あなたは恥しさと恍惚のうちに眼を細め、息をつまらせていた。あなたの手はかれの頭をひきとめてはあなたの中心へとおしやり、その探索をうながした……やがてかれの口は急にあなたの足にとび、脚のうえをすべりながらふたたびあなたの中心に近づいてきた、あなたは震えあがり、脚をとじた、「いけないわ」とかすれた声でつぶやきながら……あなたがたはその唇をあわせ、死んで溶けた時間の汁をすすりあった……そのとき、あなたはあらゆる鍵をかれの手にゆだねて、その手があなたをひらき、確保し、侵入するにまかせたのだ……

そしていまあなたのとざされた眼から透明な涙があふれはじめたのは、あなたが信じまいとしていた罪や破戒の観念が、感傷でゆるんだ堤防を破ってにわかにあふれでたためだ、かれを裏切っているという甘い罪悪感があなたの涙をさそったのだ……佐伯は驚きの眼であなたからはなれる、急に首を折って嗚咽のなかに顔を埋めてしまったあなたをみて佐伯は困惑したように口を尖らす。かれはベッドの横に膝まずいてあなたの髪を撫ではじめる、無器用な父親が娘を慰めるような手つきで……おそらく佐伯はあなたの奇妙な抵抗の意味を、あなたの処女性という仮説によってなっとくしようと努めているのだろう、「きみが、このすべてを知っているとしかみえなかったきみが、じつは aimer したことがなかったとは！」と佐伯は考えているのだろう、そして、もしそうならそんなあなたを情事の相手に選んだのはまったくの不覚だった、と。しかしあなたはやがて涙のなかで笑いだす、「ごめんなさい、泣いたりして」……あなたは涙と笑いを含んで奇妙に響く声でいう、「泣いたりするとはおもわなかったの……ちゃんとあなたを aimer できるものとおもっていたのに……まるであたしのパパみたいな顔でごらんになるのね」……「いったいなにを考えていたの？」と佐伯がたずねる。あなたは首を振る、「ううん、大したことではないの。まえに aimer したひとのことをおもいだしてセンティメンタルになっただけ……ほんとにごめんなさい。もう少し待って。いまはだめなの……損しちゃったなって、おもってらっしゃる？」「金のことかい？」「そう」とあなたはいう、「あなたに損はさせたくないわ」……佐伯は声をたてて笑いだす……

「チーズはどこ？」

「ここよ」とあなたはナイトテーブルを指さす、佐伯はチーズを切りとってかじり、立ったままウイスキイを飲むと、自分のベッドに腰をおろす。

「金はぼくが払うよ、最初からそのつもりだ」

「それではあなたのほうは損になる、あたしが払うわ……なにがおかしいの？」

「きみでもそんなことにこだわっているなんて、意外だったね。もちろん、ぼくも計算が下手なほうではない、きみとねたいとおもったから、《つばめ》できみがおりるとあとをつけたわけさ」

「知ってたわ」といいながらあなたは毛布のなかでパジャマを着る。「あなたの一晩かぎりのメエトレスになることは承知のうえできたの。あなたが商売女のつもりでお金をくれたら、平気でうけとりかねない……」

「そうシニカルになることはないさ」

「あなたって、怒らないかたね」

「怒ることもあるよ。でもきみにはなにも怒ることなんかない、きみの叔母さんにはずいぶん腹をたてたがね」

「お気の毒に。母の姉妹はみんな、あの程度なんです」

「しかしきみは気にいってる。どうだい、きみのほうはぼくに《Je t'aime》をいいそうにないの?」

「いいたいような気もち」

あなたは佐伯に、佐伯もあなたに、コミカルな投げキスを投げ、「Bonne nuit」といいかわして毛布のなかにもぐりこむ。

佐伯に身をまかせたのち自殺すること……佐伯を最後として、他者との関係、その無数の紐帯《ちゅうたい》を断ちきること。

あなたの自殺、それはかれにたいするあなたの愛を証明し、その愛のためにいくらか輝かしい記念碑をうちたてるただひとつの行為だ。けれどもあなたはその決心にたどりつくことができないだろう……あなたは死を追うふりをして、じつは死から逃げつづけてきたのだ、それは古い喜劇によくでてくる手とそっくりだ、泥棒が警官のうしろを走っている、まるで警官を追跡しているようにみえるが、かれは必死の逃亡をつづけているつもりなのだ……あなたは安心している、この警官がとつぜん廻れ右をしてあなたを捕えにかかることはけっしてあるまい、だからあなたはそのうしろについて走りつづけていればよいのだ……

あなたの肉体のおもいで、肉の器のなかに封じられて保存されてきた赤葡萄のような記憶、そのなかにあるのはかれの存在の汁……それはいまでは濃密な快楽の味と芳香を獲得してしまったようにおもわれる。それこそおもいでという醸造の魔術なのだ……

……あなたにはわからない、この密閉された黄土色の部屋で十字架からおろされたキリストのように横たわっている男の考えていることが。その男は死人よりも無気味だ、もうあなたにはその男がだれであったかもわからない……佐伯という名前をその男がもっているとしても、それは死体の番号札のようなものだ、あなたにはその名前からなにも説明することができない。この男はただ存在しているだけだ、ベッドのうえで、細長い形をして……

「しばらくあたしのことを忘れていて」とあなたはいった、はじめてあいしあったあとのあなたは傷だらけだった、まるであなたの存在にひびわれがひろがり、いくつもの塊に分断されていくようにおもわれた、原生動物の細胞分裂のように……かれはあなたの乱れた髪をなおし額に鎮静的な接吻をいくつもしてくれた、あなたは眼をとじていた、死に近い眠りが脚のほうから徐々にのぼってくるのをかんじながら、次第に快楽の厚い膜におおわれて鈍くなっていく痛みをひきとめておこうとしながら……しかしとつぜんかれの手が毛布を剝ぎとった、仰臥《ぎょうが》している彫像から布のおおいを剝ぎとるように。あなたは両膝を立てて動かなかった……

「もう忘れることなんてできない」とかれはささやいた。「きみはちょうど……おぼえてるだろう、いつかブリヂストン美術館でみたローマ時代の《女神臥《じょしんが》像《ぞう》》、大理石の……あれは妙にエロティクだった、石のくせに、蒼ざめた肌の表面や、おなかの肉のところなんかが……でもあの《女神臥像》よりもきみのほうがはるかに荘厳で輝かしい……眼をあけてごらんよ……」

あなたはしかし眼をとじていた、唇に微笑を浮べて……それは粘りけを帯びて唇にくっつく微笑だった、かれのあらあらしい接吻がやってきてその微笑をあなたの唾液といっしょに吸いとっていった……ふたたびはじまった愛撫、熱い息と舌、あなたのなかへ二度目の探検を開始する手……あなたは死んだように身を任せていた、それからかれの首のつけねに歯をたてた、あなたの腕と脚でしっかりとかれをとらえて……

……もしもいまあなたのまえにかれがあらわれたとしたら……あなたはかれの眼のなか、口のなかへ帰っていくだろう、自分の巣をみつけた鳥のように胸を張って、からだ中の羽毛をふくらませて……もちろん佐伯を棄てて……あなたはそう考えながら佐伯を眺める、遠い国からきた珍しい動物でもみるように。

かれとのあいだの奇妙な関係、セクスによる交りは停止されているが完全な了解のもとにそれぞれ他の異性とセクスの遊戯をおこなう自由を認めあっているという関係……それにもかかわらずあなたがたのあいだに起ったこの関係は、愛だった、一種の共犯関係としての愛。しかしあなたの共犯者はあなたを裏切って死のなかに身を投じてしまったのだ、そしてかれはあなたを解放した、この共犯関係から、愛という契約から……

ああ、はじめてあなたは自由になったのだ、あなたがかぶりつづけている悲しみの顔を棄て、あなたがおちこんでいる絶望の穴からはいだしさえすれば、あなたは砂漠よりも広大で空虚な自由のなかにいることがわかるはずだ……もうかれはいない、そこであなたは——それを不可能なことだと信じているが——だれかを愛することもできるのだ。たとえば、あなたは、これまでいつもあなたの精神を媾合《こうごう》に似た関係で縛っていたかれの精神から解放されることによって、本格的に小説を書きはじめることもできるのだ……

《わたしの style を確立すること》

この覚え書きはあなたの手帖のなかに書きつけられたものである。それは先月のことだった、かれはあなたの手帖を弄《もてあそ》んでいるうちに、このことばを発見した。謎めいた微笑を浮べながらひどく嬉しそうにかれはいった、「ドストエフスキーのスティル、カフカのスティル、セザンヌのスティル、パーカーのスティル……きみのスティルをはやくみせてもらいたいものだ」「冗談よ、それ」……あなたはすっかり狼狽していた。

だがいまはかれのはいってくることのない工房で、あなたはこの仕事に熱中することもできるわけだ……

とつぜん、あなたはむこう側のベッドで眠っている男に強い同情をおぼえる——そうだ、それがあなた自身の肉を献納するため、あいしてやるために必要なものだった、そしてこの同情の発見とともに、あなたは相手を存分に食べ、相手から快楽を吸いとる権利にもめざめたのだ……とざされた部屋をみたしている息苦しい静寂、エア・コンディショニングのかすかな音……いやちがうかもしれない、それはあなたの耳のなかで空気が呼吸している音だ……あなたは毛布をめくりあげ、ゆっくりと音をたてないようにおきあがる、脚をベッドから垂らして爪先でスリッパを探す……佐伯は眼をあけない、ほんとうに眠っているのか？

あの眼を閉じている男、眠っているのか瞑想に耽っているのか計りがたい存在にあなたはどんな針を刺しこむべきか、あの不可解な顔をあなたのほうにむけさせるために、あなたはどう呼びかけるべきか……あなたにはわからない。妻や情婦が用いる《あなた》を、あなたは使えない、恥しいからだ……かれを呼ぶときはあんなにも簡単だったのに……あなたは《ねえ》で充分だった、あるいは一種のペット・ネームの調子をもった《ミチヲ》を使った、するとかれは風にそよぐ葉のように耳をたて、すぐあなたのそばにきたのだ……だがあの見知らぬ存在は重たすぎる、あなたには軽やかなことばであれをもちあげたりひきよせたりする自信がない……あなたはいってあなたの手でさわることだ、つかまえて眠りの仮面を剝ぎとること、毅然とした優しさで……あなたは素足をスリッパにさしいれると刺客よりも用心ぶかく佐伯のベッドに近づき、その顔をよくみるために膝まずく……眼をとじてしまうと、女はたがいによく似てくるものだ、いつかかれがそういった、「きみはもうきみでなくなる、女になる……平和になる、中宮寺の弥勒菩薩に似てくる……あれはきっと少女だよ、きみみたいな……そうだ、そうやって危険な眼を隠してしまうときみは天使だ」……しかし男はどうなるのだろう、たとえばこの佐伯はこの顔、この眼を失っている顔はなにに似ているのか？　それはなににも似ていない、どんな獣でも人間よりは可憐なものだ……つまりこれが男の顔なのだ、そしてこの年齢の男では、その眠りにあるときでももはや少年にも幼児にも似ることがない、柔かな原初の肉とその形に還元されることがない。この重たい男の存在は粘土からなっている、あなたは容易にそれを愛することができないだろう、どんな熱愛的な愛撫によってもあなたはそれをあなたの一部とすることができないのだから……

「眠っているの？」あなたは佐伯の耳に唇を近づける……ヘア・クリームの匂いがする、さっき入浴のあとでつけたのだろう。あなたはおかしくなる、この佐伯が、一人で食事をしたり、顔を剃ったり、そのあとで男性用クリームを使ったり、髪を整えたりしているのを考えるとあなたはチャプリンのパントマイムでもみるようなもの哀しい滑稽さをかんじるのだ……「眼をあけないの？……きっと眠ってはいないのね、だから目をさまさないのね、あたしの声がきこえてるのに……なにを考えているの、この頭のなかで……怒ってらっしゃる？　もしそうなら、なんでもしてあげる、あなたが愉しくなるように……」あなたは佐伯の耳を唇でくすぐりながらささやく、そしてベッドから垂れていた佐伯の手を両手でもちあげて、ベッドのうえで握りしめる、だが佐伯は眼をあけない、仮死状態にでも陥っているかのようにかれは静かだ。歯を佐伯の耳たぶにあてがって、あなたはいう、「おきて……眠ったふりはもうたくさん。苦しいでしょうに……それとも死んでいるの？　それならいつまでも死んでいるといいわ」……あなたは歯を咬みあわす、次第に力をこめて。すると弱い微笑の膜が佐伯の顔をおおい、その裂け目からふいに光る眼がのぞく。「ほら、やっぱり眠ったふりだった」といってあなたは耳たぶを嚙む、唇でやわらげてあまり痛くないように……「寒くないかい」と佐伯がいう、「はいっておいで」

「そこのウイスキイ……」と佐伯がいう、あなたは腹ばいになったままナイト・テーブルに手をのばしてサントリーの角瓶を傾ける、そしてグラス半分ほどをあなたの口に移し、佐伯の口に近づける……かれもあなたも眼をあけたまま唇をあわせる、あなたが勢よくウィスキイを注ぎこむと、佐伯ははげしく咳きこむ。あなたはびっくりして「ごめんなさい」という……慣れてないのだ、佐伯もあなたも。あなたが慣れているのは飲まされるほうの役だ、よくかれに飲ませてもらったのだから……「もう一杯、いかが？」……佐伯は首を振る、その腕がいつのまにかあなたのうしろにまわっており、あなたの首をひきよせる、あなたは眼をとじて佐伯と顔を重ねる……あなたは未知の形をした唇をかんじる、いまあなたがその形をたしかめているのは、重々しく、享楽的で、吸着性の強い唇、見知らぬ存在の生皮がめくれあがっている口だ、二つの口の歯のあいだを逆流するウイスキイの味……あなたは息苦しくなる、だがあなたの肩胛骨《けんこうこつ》のあいだ、脊椎のうえのくぼみに佐伯の指があってあなたは動くことができない……非常に長い、失神に近づいた接吻から解放されたとき、あなたは勢よく佐伯の顔からはなれたので、光る唾液の糸を佐伯の唇からひきあげてしまう、あなたはすばやく指でその糸を切断する。あなたがたは眼をみつめあう、共犯者じみた微笑を浮べながら……

　毛布を天幕のようにもちあげたなかであなたはパジャマの下をぬぐ、佐伯が上のボタンをはずしてあなたの胸をひらく……もうこれであなたになすべきことはなにもない、あなたは眼をとじて柔かくなった物質、人間の形をしたなめらかな材料だ、それは佐伯の手にゆだねられ、加工の工程にはいっていく、どんな加工を施されるかはもうあなたの選択の外だ、あなたにはなんの責任もない、この快い無責任の、真空の、喪心の、自己放棄のなかの愛撫、所有の儀式……かれにたいするあなたはそうではなかった、あなたは死んで溶けた自由の暗い海をくらげのように漂うことができなかった、あなたの愛は瀕死の魚さながらに跳びはねることをやめないのだった、かれの愛をのみこもうと焦りながら……だがいまは愛がない、あなたはこの他人を愛していない、あなたがこの異種の物質をうけいれるのはあの死に酷似した海を漂流するためだ、その潮のなかに快楽のみごとな形態を探すためにすぎない……あなたは愛撫されている墓石、降りそそぐ欲望の雷雨に引き裂かれる薔薇、灰色の顔と水晶の腕をもつ水死人、あなたは男をいれる竪棺……

　あなたの手は別の皮膚の下にひろがる別の世界をさぐりはじめる、その暗黒とその形を……それは灼けた円筒形の宇宙、無数の星の密集する円管の束だ、あなたはそれを手に握り、背後にひろがる重たい暗黒を操縦しはじめる、眼をとじて薄い微笑の膜で顔を包みながら……

「このままでいいのかい？」と佐伯がたずねる、あなたは悲痛な、譫言めいてきこえる調子で答える、「いいの、そのままで……」

……佐伯の方法は簡潔だ、かれはあなたをベッドに磔にしたとき、みごとなすばやさであなたに所有者の杭をうちこんでしまう、あなたは頸を反らせ、殉教者の悲嘆に似た眼の色をして胸をもちあげる、あなたは所有のしるしを押しかえそうともがく、かえってその傷口をひろげ、傷をふかくしながら……いっそう確実に死ぬために、うちたてられた剣のまわりを逃げまわりながら……

そしてひとつの死が訪れる、あなたの内部を重たくみたす、錨《いかり》のように沈降的な死が、快楽の手はますます強くあなたをつかんで地底への階段をおりていく……男の、あの飛翔の形態をとる快楽、それにつづくふいの墜落も、いまはあなたの転落をとどめることができない、あなたは撃ちおとされた大鳥のような男の下で、なおしばらくのあいだ濃密な死の海に沈んでいく……

二つのベッドに別れ、二体のミイラのように、あなたも佐伯も仰臥している、もう十二時すぎ、いやたぶん一時が近いかもしれない……「また会って、こんなことしてもいいかい？」と佐伯がいう、あなたは唇を尖らせて鋭く「oui」と答える、「あなたのメエトレスになってあげてもいいわ。それとも結婚してくださる？ ……もちろん冗談。ちっともびっくりなさらないのね」

厚い眠りの繃帯がとけていくにつれてあなたの首は薄明のなかに浮びあがり、あなたの眼はベージュのカーテンをとおして朝の光に浸されていく……ふいにあなたは身をおこす、佐伯はもういない、あなたが夢のなかできいた出発の物音は佐伯が起きてでていく音だったのだ。もうかれはこの部屋にはいない、あなたひとりだ、きっと九時すぎに起きて十時からの講義にまにあうようにでかけたのだろう……あなたは眠りのあとのだるい関節を屈伸させてみる。まだ頭をしめつけている繃帯、眼のなかの熱い芯……しかしそれは累積した疲労のせいではないらしい、朝のベッドのなかでいつもあなたの身体がかんじる今日のはじまりのあの苦しい予感なのだ……あなたは東の窓に近づきカーテンをひく、朝の陽ざしが部屋にあふれる、部屋は割れた卵の中身のようなその明るさを恢復する。光の氾濫、しかし早朝の冷たい色ではなくすでに濃い橙色に変った光、十時の光だ。時計をみると九時四十五分、すると佐伯はさっきこの部屋をでたばかりだろう……

ベッドにころがって脚を組む。朝、古都のめざめとともにめざめていくあなた、紫の甍《いらか》をひたしていく曙光《しょこう》、そよぎはじめる黒い山山、鴨川に浮ぶ光の破片……それが京都で旅の夜をすごすあなたの期待だった、しかしいまあなたがうけとったものはこの期待とは似ても似つかぬ代用品だ、あなたのまえにあるのはあまりにも明るい眺望、よく晴れた空の下にひろがる端正な多角形の屋根、冬枯れの褐色の山、そしてあなたのなかに残っているのは多少消化不良な情事の残滓《ざんし》だ……だがあなたは空腹感に似た失望をかんじている、佐伯があなたひとりを残して去っていたことにたいする失望、なにも話しあわずに、朝の接吻もせずに――あなたは佐伯の髭剃《ひげそ》りあとの頬に接吻したかった、それからあの手の甲にも――でかけてしまったこと……あなたは曖昧な怨みの感情にとらえられる……あなたはベッドからおりて浴室にはいる、歯ブラシや小さな化粧石鹸のはいった洗面道具入れをもって。

シャワーをだしかけてあなたはやめる、急いでもう一度入浴だ、そのほうがいい……あなたは二枚のバス・タオルを胴に巻いて、震えながら、浴槽に湯がみたされるのを待つ。

あなたは考える、かれはひそかに小説を書き残してあるのではないだろうかと。まだみたこともなくその存在についてはなんの確証も与えられていない伝説上の秘宝のように、それはあなたの知らない場所に隠匿されているのではないか？　あなたは一度かれの部屋を徹底的に捜査すべきだった、今度東京に帰ってからでもいい、あなたはかれの書き残したあらゆるノート、断片、要するにかれの遺稿を整理してみなければならない。

もしかれが自殺したとすれば、それを説明するものがそれらの遺稿のなかにみつかるにちがいない、あなたはおびただしいデーターの集積をひとつの平面上に配列し、ある意味を抽出しようとするだろう……あなたは推理しなければならない。かれの意図していたものを……そして、とあなたはとつぜん全身を熱くして考える、それはつまりかれの断片を綴《つづ》りあわせてかれの全体を構成すること、かれの《書かれなかった小説》を書きあげることなのだ！　それがかれとかれの書いたかもしれない小説を発見する方法だ……これを忘れてはいけない、これはいまあなたに開示されたイマジネールなものへの門、ひとつの啓示なのだ……

……それは、《まだ発見されない小説を求めて》という主題をもつ小説を書くこと。

なにを書くのか？　それを考えてもあなたは小説に新しいものを加えはしないだろう、あなたのスティルの創造は《なに》を超えている、さしあたりあなたがとりあげるのはかれであり、かれの愛であり、かれの愛をとおしてもう一度解読されるあなたの愛だ。

……ひとが現実と呼んでいるものはいくつもの側面、いくつもの視点からみられる必要がある、そこで——とあなたは考える——精緻な小説はひとつの物語を、いくつかの側面から語ることによって構成されなければならない、一次元のではなく多次元の構造をもった想像的空間を……

白蠟《はくろう》か石膏《せっこう》でつくられた女の首、なかばうちくだかれて顔の右半分しか残っていない、大脳もないのだ、もうものを考えることもないように……唇はわずかにひきあげられて、不可解な微笑、かつてあなた自身もみたことのない微笑……あなたにはわからない、それがどこからにじみでてくるのか……おそらくあなたの顔に残る情事の破片の下からだ、あなたは両手で顔をこする、それから眼をみひらいて見慣れない女の顔のなかに、《情人》の特徴をみいだそうとする。

鏡のまえに苔色の罫の原稿用紙がある、佐伯が常用しているらしい二百字詰の原稿用紙だ。なにも書いてない……あなたは裏返す、佐伯の丸い、大きな甲虫《かぶとむし》がはいならんだような書体で書かれてある文面……

五時に《大市》で会おう。電話しておく。ぼくの名をいえばわかる。場所は上京の下長者町千本西。地図もかいておこう。

きみはそれまでどうする？　よかったら木屋町の《みづほ》にいって休んでいらっしゃい。amie にはけさ電話でそういっておいた。ぼくはもう一晩そこに泊って、あす大阪へいく。きみも予定がないようだったね。今夜もいっしょにいたい。Je t'adore.

これは恋文だ、それも貞淑な娼婦にあててしか書けないような……あなたは混乱している、鏡のなかのあなたの眼は暗くうつろな二つの穴、鼻はそぎとられた大理石の丘、そのまわりでゆるやかに閉曲線をえがきつづける四本の指……あなたの眼は放心したまま、女の顔にファウンデーションを塗る指の動きをみつめている、まるで他人の顔が他人の手にゆだねられているかのようだ……無意味な驚愕の瞬間にするように眼をみひらく、乳液でなめらかに光りはじめた頰を点検する。それからあなたは鏡に顔をつきだしたまま、眼を伏せて机の紙片をもう一度眺める、「今夜もいっしょにいたい。Je t'adore.」……今夜も、今夜も……あなたは唇にルージュをひきながらなかばうわのそらでつぶやく。細い筆の先で上唇の輪郭を修正する……こんなことはあまり好きではない、唇にルージュを塗るということは……しかしあなたの顔はこれで鋭くなる、画竜点睛《がりようてんせい》だ、このオレンジ色に輝く唇があなたの生き生きした仮面を完成する。もうひとつ、これは蛇足かもしれないが、眉を鋭い弧線で修正すること……あなたは眉ずみを握って眉のうえを走らせる、ほんの申訳に……そのままにしておくのがいい、あなたの眉は薄すぎもしないし乱れてもいないのだから……今夜、ce soir ——ナポレオンは《Joséphine, pas ce soir》といった、あなたならなんというのか?　「あなた、今夜は危険なのよ」……これではまったく格言風にならない、おまけに陳腐な嘘だ。鏡のなかのあなたが揶揄するように笑いだす……

いまあなたの手には昨日河原町で買った交通公社の最新旅行案内《大和《やまと》めぐり》がある。奈良へいくこと、東大寺や法隆寺をみて室生まで……だがその決心はまだ充分かたまらないゼラチンのようだ、ちょっとした動揺であなたはその決心を放棄してしまうかもしれない。

十時二十分、もう用意はできている。あとはその白いアストラカンの外套を着るだけだ……あなたは東山の丘陵へとひろがる屋根瓦の集合をみおろす窓ぎわで、《大和めぐり》の巻末、旅館のリストをしらべる。奈良ホテル、これがいいだろう、いや、それともっと奈良にふさわしい日本旅館を選ぶか……いずれにしてもここではまだ決定できない、むこうに着いたら交通公社で予約し、クーポンをもらうことになるだろう。あなたは旅行鞄から薄い表紙の細長い時間表をとりだし、奈良行きの電車をしらべる、奈良電鉄の特急だと奈良まで三十七分、急行で四十五分……しかし午前の特急は十時二十二分でおしまいだ。国鉄奈良線をみる、奈良まで一時間以上かかる……とにかく国鉄京都駅までいくこと、すべてはそこからはじまる。あなたはそこで賽子《さいころ》を投げる、すべてはそのとき決定されるだろう……

ハンドバッグをひっかけた腕をのばしてあなたは八一四号室のドアをしめる。把手に《Please Don't Disturb》と印刷された紙片がかかっていることに気づく、佐伯がでかけるまえにかけていったのだろう、そんなことをする必要は大してなかったのに……軽い悪戯のつもりかもしれない、でていくときにも起きようとしなかったあなたにたいする佐伯の皮肉な抗議をあらわすのかもしれない……あなたは微笑する、その微笑のなかで、白い歯とともにあなたの可能性のすべてがきらめいている、奈良行きの可能性、《みづほ》の、《大市》の、そしてふたたび佐伯とのアフェールの、可能性……

数日後——それがいつになるかはわからない、あなたの所持金の涸渇がそれをきめてくれる——あなたはたぶん東京に帰るだろう、そのとき依然としてかれの消息が不明のままだったとすれば、かれの死は正式に世間という帳簿に登記されることになるだろう、そしてあなたは婚約者を失った不幸な娘となる。それからあなたはひとつの小説を書きはじめるだろう……ボーイがあなたのためにタクシイの扉をあけてくれる。

作者からあなたに

長いあいだわたしは分量に制約をうけないでロマンを書きたいとおもっていました。わたし自身のスタイルをみいだすためにも、この種の自由はぜひとも必要だったのです。小説の大きさというものがスタイルの重要な要因をなすものである以上、小さい分量はそれだけですでに、いかに書くかを、小説のスタイルを、決定づけてしまいます。ところでわたしにとって問題なのは、なにを書くかということよりも、いかに書くかということなのです。前者は後者に吸収されます。

とはいえ、わたしはこの小説ではわたし自身に関係のあることがらを多く利用しています。しかしこれがいわゆる自伝的小説でないのは、たんにわたしの体験にデフォルマシオンが加えられているからではなく、わたしがあなたにおきかえられているからなのです。これはあなたを遠隔操作するための装置ともいえます。あなたはこれまでのように作者から一方的にある物語を語りきかされるかわりに、小説のなかに招待され、参加することになるでしょう。そこであなたはいろんなことを考え、あなたの過去をおもいだしながら行動していくことになります。

あなたがこの小説に登場するのは二月のある水曜日から金曜日までです。あなたの心は暗い旅の途上にあります。あなたの恋人であり婚約者であるかれは、なぜとつぜん行方不明になったのでしょう？　かれは死んでしまったのでしょうか？　とすればそれはなぜ？　……あなたは失踪した愛をもとめて過去へと旅だつのです。しかしあなたの絶望は次第にイマジネールなもののなかに吸いこまれ、最後にあなたはひとつの小説を書くことを決心しています。

さて、こうしてみますと、この小説のあとには、この小説がいわば序論的な役割をはたすようなもうひとつの小説がつづいてもふしぎではありませんし、当然つづかなければならないようにおもわれます。そしておそらく、それは『暗い旅』の<u>つづき</u>の物語ということにはならないでしょう。たとえばそれは、『暗い旅』の裏側の物語をかれが語ったものであってもよいのではないでしょうか。いずれにしても、それが書かれるのは数年ののちになるかもしれません。

一九六一年八月

倉橋由美子

あとがき

『暗い旅』は、我が国で通用している呼びかたにしたがえば、私がはじめて出した「書下し長篇小説」ということになる。勿論、他に例の多い長大な小説にくらべると、この程度の長さのものを長篇小説と称するのが適当であるかどうかはあやしくて、またことさらに「書下し」という断り書きをつけるのもおかしなものであるが、いずれも本邦の習慣にしたがう。つまり小説が長篇であることがむしろ異例のことに属し、それが雑誌に連載されずに本になることがまた特記に値するという事情が我が文壇にはあって、その事情のもとで長い小説を書いて本にするのは当時の私にとってかなり無理な力仕事であったといえる。本来もっとも自然であるはずのそういうしかたで仕事をするのに、不自然に力まなければならないのは奇妙なことである。

難事業に対しては自分なりの方法を考案する必要があって、私の場合、それは、大きな絵の断片を少しずつ描き、あとでそれらを寄せあつめ、うまくつなぎあわせてひとつの絵にしあげるという方法に落着いた。そのようにしてできあがった小説は印象派の点描の絵ともちがい、私の好きなクレーの絵ともちがっていて、だれの絵に似ているかわからない。いずれにしても、雑多な断片の集積のような形をとってできあがったこの小説が一応小説の体をなしているとすれば、私が構成要素のひとつの秩序を（というのはさしあたり ordo ということばのもとの意味で「順序」と解してもよい）あたえて、私のめざしているこの小説の形（それが何であるかをいうためにはその小説を書く以外にない）を実現しようとつとめた結果であって、無論小説を書く以上そういう努力をしないのは狂気の沙汰であるが、いま思うとその努力が、私にとってはじめてのこの長い小説のすべてであった。それでそれはひどく力のいる仕事だったということにもなる。

ところで『暗い旅』の断片のひとつひとつは蒐集狂《しゅうしゅうきょう》が集めてきた「もの」に似た性質も帯びていて、たしかにそれらはいずれも当時の私のお気に入りの「もの」ばかりで、場所も情景も私自身の記憶の断片も、そしてあらゆる「もの」ばかりでなく「ことば」も、それがお気に入りだという理由でひとつ残らず小説のなかに縫いこまれている。東西の文学の断片もコレクションの対象になっていて、じつは何よりも熱心に蒐集されているのがそういう美しい「もの」と化した「ことば」なのである。その意味ではこれは一種の fetishism の小説であるともいえる。だがコレクター趣味で小説ができあがることは邪道というより不可能なことで、『暗い旅』が小説の体をなしているならば、と仮定した場合のその理由についてはすでに述べた。

あとは蛇足となる。『暗い旅』を二人称で書いたことについては、Michel Butor の《La Modification》からヒントを得ている。この二人称を使って小説を書くことには

《La Modification》以前から関心をもっていて、たとえば私の処女作ということになっている『パルタイ』も、「ある日あなたは、もう決心はついたかとたずねた」という文章で始まっているが、『パルタイ』の場合は、「あなた」に語りかけるのでもなく「あなた」への手紙でもなく、「あなた」を三人称のように使って、これに対するもうひとつの極である「わたし」の考えを書いた一人称小説である。Butor の小説の出現は、この「わたし」を消して「あなた」だけで小説を書くことに関して、一種の安心を私にあたえた。

そういうこころみもふくめて、『暗い旅』はいかにも若い人間が書いた小説だという印象をあたえる。青春が何であるかということはここでは割愛するほかないが、ともかくそれはこの小説のなかに充満している。小説に若さがあるということは勿論小説にとって名誉なことではないにしても、私にとっては、こういう小説を悪戦苦闘して書いていた自分がこの小説のなかに生きているのをみれば、それが私の青春であることを認めるほかない。そしてそれに対して恥しい思いをすると同時にいささかでもやさしい気持になるのは、それがいまはいなくなった自分だからである。

一九六九年十一月

倉橋由美子

作品ノート

何とかタレントとか、出たばかりの歌手とかが「来年の抱負は」ときかれると、決って「一度お芝居がしたいわ」と言い、「ミュージカルに出たい」と言う。その調子で小説を書き始めたばかりの駆出しにきけば、「書下ろしの長篇」と言うはずである。この種の抱負というものはどこか滑稽で、「来年は一度詩を書いてみたい」、「そのうちに一度純文学で自分の本領を発揮したい」などと発言する小説書きがいたら、その滑稽さは、「ミュージカルをやりたいわ」に優るとも劣らない。

日本でやっているミュージカルもオペラも新劇も根本的に滑稽である点では甲乙つけがたいが、書下ろしの長篇小説となるとどうだろうか。見かけの滑稽さはないが、よく考えてみるとこれも相当なものである。註文を受けて、「それでは今年中に納品致しますから」というような約束をして職人が何かを作るのは別に滑稽ではない。長い書下ろしの小説もその調子で書いて首尾よく納品できればまことに結構なことである。しかし中には数年、数十年とかかるものもある。畢生の大作などと言う。近頃ではハイカラに「ライフワーク」とも言う。こうなると長篇は長篇でも五百枚や千枚では駄目で、数千枚という分量が必要になる。これもまた新幹線の列車よりも太くて長い蛇の如きものである。アリストテレスが言うように、蛇には蛇の、小説には小説の程よい大きさというものがあるのではないか。自慢ではないが私は長すぎる小説を軽蔑して、というよりこちらの忍耐力が足りないので読まないことにしている。自分が読めないほど長大な小説を自分で書くというのは矛盾である。それを書いて飽きないとすれば恐るべき執念、早く言えば精神異常ではないかと思われる。

控え目にという原則は何よりも芸術に当嵌まる。放恣を抑えること、限定して形を作ることが芸術の本質であるというアランの見方は、文学、特に小説が芸術でないとしてもやはりここにも当嵌まる。一篇の作り話のために、とめどなく続いて止らないよだれのような言葉が数千ページを汚しているのを見ると、浪費と行過ぎの罪を指摘したくなる。長くても読めるのは司馬遷とかヘロドトス、トゥーキュディデースあたりまでで、これらは書くべきこととその分量とが釣合っている。ギボンとなると釣合を失し、トマス・アクィナスも長く書き過ぎている。まして小説にはそれほど長くなる資格はなくて、数百、数千の人間の人生や心理を描き、時代と社会を描いて数十年、数百年に及ぶのは、そういう難事に挑んで記録を残すこと以外には意味がない。それにしても、小よりも大、単一、単純よりも多様、複雑という原理は、どうやら市民《ブルジョア》文明なるものの本質をなしているのかもしれなくて、シンフォニーもオペラも歌舞伎もそういう代物である。

ところで、小説を書き始めて一年も経つと、どこからともなく「この辺で本格的な長篇を」という声が出てきて、自分もいつかそれに和して長篇、長篇とつぶやくようになる。すでに「人間のない神」を書下ろした経験はあったが、どういうわけか自分ではこれは中篇のつもりであって、次は是が非でも長篇という気持になっていた。しかし気持だけでは書くことにはならなかったので、「暗い旅」を書き上げるに至ったのは何と言っても東都書房のT氏のお蔭である。この人は編集者というより実直な老人であった。すでに亡くなられたが、それで余計に老人という印象が強い。もとはある「純文学」の雑誌の編集長をしていた人で、それが私のような駆出しに長篇の書下ろしをさせる気になったのは、この東都書房で出してベストセラーになった『挽歌』の再現を狙ってのことである。第二の『挽歌』を書く能力がないことにかけては私などその筆頭であることは自分が一番よく知っていたが、このT氏の余りの熱心さに感染して、こちらも山師か「呼び屋」のような気分になり、ベストセラーを狙って長篇少女小説を書くことにした。実はすでに、少女小説の筋をひとつ考えたことがあって、それに出てくるダフニスとクロエー——二人には「道夫」と「いづみ」という名前まで付けてあった——が結ばれるまでを二人の過去として取入れ、その後数年経って現在二人は大学院の学生であることにして、この二人の「愛」の姿を書いてみようという計画を立てた。これを少女小説と言うのは、若くて生活のない男女が出てきて「純粋に」愛したり愛されたり、「愛」についてて考察したりする小説、要するにこういうことすべてを愛する人間について書いた小説のことである。流石にT氏には少女小説という言葉は出さなかったが、できあがったものを見てもこれはまぎれもなく少女小説であり、砂糖と生クリームと卵黄とバターと、ブランデーにラム、各種のリキュール、シナモン、クローヴその他のスパイス、それに木の実と乾した果物を滅茶苦茶に入れた変なお菓子の如き代物である。酒を飲む男には絶対に口にできない食べものであることは間違いない。しかしお菓子ならお菓子でサガン風の気の利いたものにすればよかった。つまり「愛」入りの甘いお菓子であるから甘さに徹した通俗小説に仕立てるべきであった。ここで得た教訓は、職人は一人よがりな実験をしてはいけないということである。

このお菓子はまことにユニークで刺戟的な味をしている。これを発売した時、ビュトールの「模造品」だという反響があったが、少女小説としてはこれほど変なものはなかったという意味では、この珍奇さだけは評価してもらわなくてはならない。

それまで私は小説の中に固有名詞を出さないという原則を守って書いてきたが、「暗い旅」では初めて大々的にこれを破ることにした。そうなると逆の方に徹底しなくては気が済まなくなり、拾ってきたガラクタをそのまままちりばめて作品と称する前衛彫刻並みに、自分がかつて歩いた場所、行った店、見たもの、食べたものを固有名詞で出すことにした。そのうちに足りなくなれば自分がカメラになってあちこちで撮ってきたものをそのまま言葉にした。言ってみればこれらはお菓子の中に刻んで混ぜた木の実のようなもので、この堅い事実のガラクタが歯に当れば少しは何かを嚙んでいる感じがするだろうと思って小説の中にばらまいておいたのである。

この小説の原理は断片の混合であり、モザイクの手法であるが、ビュトールから借りたのは二人称の形式よりもむしろこの意識の断片を並べていくというやり方であった。そこで私は思いついたことをどこからでも断片的に書き、それを並べ、さらに書き足しては間に挿入し、順序を入れかえ、という風にして書いていった。まことにいかがわしい仕事ぶりであって、これでは首を長くして待っているT氏に途中でできあがった分を読んでもらうわけにはいかなかった。建築材料は雑然と積上げられているが、いっこうに家らしい形をなさず、しかも周囲には塀をめぐらして「完成まで立入禁止、覗くべからず」という態度で工事を進めているのだから、依頼した人は心許なくて気も狂わんばかりになるかついに激怒するかである。しかし私の依頼人はそのいずれをも抑えて我慢をしてくれた。こういう人は二度と現れないだろうと思う。T氏はあくまで熱心で、真面目で、終始驚くほど鄭重であった。何度か手紙も頂戴した。催促というわけでもなく、私のしどろもどろの言訳の手紙に対する返事であったが、その中で今でも憶えている文句に、「お笑い下さい」というのがある。前後の脈絡は忘れたが、T氏の人柄にふさわしい言い方だったので、それ以後T氏は今に至るまで「お笑い下さい」の人である。私の方が嗤ってもらいたい気持だったので、それから必死の思いで断片の集積をまとめ、ついにある日引渡すことになった。恐らくその直前になってもT氏はできあがった小説が渡してもらえるとは信じていなかったかもしれない。

ともかく、この小説は活字になり、本になった。読んでみて誰よりも安心したのは作者自身である。あの断片の束がどうにか読めるものになっていた。ところが、作者の予想通り、これが『挽歌』の何十分の一も売れるわけはなかったので、これも予想したことではあったが、使いものにならない実験的作品を納めてしまった職人のように気が咎めることになった。悪評だけは高かった。悪評も評判のうちと慰めてはみても、T氏には慰めになるはずもなかったので、それこそ「お嗤い下さい」である。

評判が悪い方に固まったのは誰かがこの小説はビュトールの LA MODIFICATION の物真似だと言いだしてからのことである。それまではそうでもなかったようで、褒める予定でいた人も何人かはいたらしいが、LA MODIFICATION が下敷になっているらしいという情報が耳にはいるや、急遽態度を変更したものと思われる。LA MODIFICATION はすでに清水徹氏の翻訳が出ていたが、それを読んでいる人が多くなかったのも意外であった。こちらはビュトールに似ていることは承知の上で「暗い旅」を批評してくれるものと思っていたので、多くの人がビュトールに似ていると知って愕然としたというので愕然とした。中には盗作呼ばわりしかねない「正義派」もいて、これには呆然とした。そのうちに、「暗い旅」を評する時には、ビュトールの LA MODIFICATION に似ているが、と断ってからその少女小説ぶりに文句を付けるのが定石となった。それでもこれが少女小説だと断じた批評はついに現れなかったようである。

勿論、少女小説そのものが低級であるとは言えないので、世界文学全集には立派な少女小説が並んでいる。大体小説を愛読するのは昔から子供と女に決っていて、両者を足して二で割って簡単に言えば、少女が小説を読むのである。少女に読まれない小説は士大夫か紳士が読むとは限らないので、少女にも読まれない小説はおよそ小説とは呼べない代物であることが多い。ついでに言えば紳士は少女の読まない恐しく高級なものと下品で猥褻なものとを併せ読む。そこで立派な少女小説を書くことは小説家にとって名誉なことであり、これこそ小説の大道なのである。しかし用語は正確でなければならない。ここで言う少女小説とは for girls の意味である。by girls ではお話にならない。「暗い旅」の作者はまぎれもなく文学少女だったので、この点を指摘すれば書評は一行で終る。

自分の小説を読みかえしてみて――ということが忍耐の限度内でやれるものとして――これはひょっとすると誰か別の人間が書いたのではないかと思うことがしばしばあるもので、「暗い旅」の場合もそれに近い。それは東都書房からの初版のあとがきと、のちに学芸書林から装を改めて出した際のあとがきとを比較すればわかることで、前者は昭和三十六年、後者は四十四年に書いたものであるが、四十四年の私は三十六年の私をすでに別人と見ている。外国語になりにくい言葉に「若気のいたり」というのがあるので、これを使っておくのが一番よい。

それと同時に、人間も「少女」でなくなれば、言いたいことを言うのでなくて言うべきことが言えるようになるものである。これは従って誰もが知っていて避けていることを気負って暴露することにはならないと思うが、模倣の問題については日本特有の事情があることをここで言っておく。明治以後日本人がやっていることの中で、人間の生活や社会の存立に直接かかわることについては日本人はまったく変っていない。民主主義などは大昔から、いや少なくとも江戸時代からあったもので珍しくはない。珍しいのは学問や芸術、文学、その他あらゆる観念の方面で西洋から輸入したものである。それには大体「近代」という修飾語が付く。これを「西洋」とおきかえても意味は通ずる。つまり西洋音楽、西洋絵画、略して洋楽、洋画、西洋文学すなわち近代文学、近代小説、近代詩等に及び、「天皇制」などという観念もあるいはあちらからの輸入品かもしれない。そこで西洋何とか、近代何とかを日本でやろうという時にはまずあちらのものの真似をするしかなくて、それも真似というよりコピーに近いことから始まる。それがどれほど情無いことかは最初にそれをする人には考えている余裕もないはずで、西洋なり近代なりの新しいものがそうやって日本にはいってくるのだから、それだけで文明が進んだような気持がして嬉しくなるのは本人だけのことではなかった。

その結果がやがて本家に追いつき追いこすことになったかのように見えたとしても、本家はやはり本家であり、真似をした方はよくここまで上手に真似するようになりましたねと感心されるだけのことであって、本家の方で兜をぬいでこちらの真似をするようなことには絶対にならない。トランジスターとかカメラとかの技術程度のものならそういうこともありうるが、学問や芸術となるとそうはいかない。例えばある洋画家の若い頃からの絵を見ると、その絵よりも先に目に見えてくるのがお手本の方であって、これはM、これはP、これはB、そしてG、G、C、といった工合にあちらの画家の名前が次々に浮んでくるのは驚くべきことである。晩年に至って模倣の時代を脱し、ようやく独自の境地を拓いたと言われる時も、その独自性はM、P、B等々のエキスの組合せと混合の独自性であって、確かにこの種の混ぜ合せはあちらにはなかったものである。だがあちらの本家であるM、P、B等々はいずれも一見してわかる独自性をもっていて、それは模倣と混ぜ合せの珍しさでは出せないものである。

あちらからはいって来たものがほとんど別の種類の純国産品と言えるようになるには、鎖国と数百年の年月とが必要である。この二つがともに欠けている今日では、あらゆる西洋何とかや近代何とかは依然として本家の動向を模倣するほかなくて、こちらから輸出することにはなりそうにない。この事情は例えば西洋の服装の流行に見られる通りで、女の洋服というものが今日いかに普及していても、その本家はあちらにあり、本家の動向に左右される事情は変っていない。逆にこちらで出した新機軸をあちらの本家が探るということは皆無なのである。模倣させるか、させられるかで優劣を判定するのは意味をなさないのかもしれないが、しかしそれをどう呼ぶにしろ、西洋と日本のこの関係が厳然として続いていることだけは認めておかなければならない。

文学の方ではこの関係が大分曖昧になっていて、女の洋服の流行ほどのことはない。と言っても程度の差にすぎないので、それは文学がその仕事の性質上、言葉という古いものを使って西洋風あるいは近代風を真似ることになるほかないという事情による。洋画家はあちらのと同じ絵具を使うが、文学の方では日本語を使う。日本人でフランス語や英語で本格的に詩や小説を書いて作家になった人間はまだ一人もいない。仮に日本語を土に譬えるなら、この土はあちらの土とはまるで異質のものなので、移植した植物は比較的早く日本独特の変種になってしまう。いや、移植そのものが翻訳という手続を要することを考えれば、移植された時すでに別物になっていると言ってもいい位である。それで、仏教の方ではそれが輸入されてから何百年か経って浄土真宗のような純国産品が出てきたのに対して、文学の方では百年足らずで日本にしかないような珍種が出てきた。恐らく文壇という特殊社会が鎖国にかわる条件をなして、国産珍種の発生に拍車をかけたものと思われる。作家の個人的事情に即して言えば、若い頃は好奇心も旺盛であり、新機軸はあちらの本家にしかないのでそれを模倣することで自分を establish することに熱を入れる。年をとるにつれて自分が確立したスタイルの枠内で成熟をはかるためにも、意識して鎖国状態にとじこもる。こうして日本的なものへの回帰などと呼ばれる現象が見られることになるが、これは動物一般に見られる成熟および老化のパターンなのである。マントヒヒやオランウータンでも、その幼児の顔つきは人間の幼児とも似ていて霊長類に共通の特徴をもっているが、成熟するにつれてその顔はその種に独自のグロテスクなほど個性的なものになる。特に雄の成獣はそうで、個体間の容貌の違いも大きい。よく知られているように、日本猿の群れの中で新しい行動を発見し、仲間の間にひろめるのは若い雌や子供の猿である。作家はまず無邪気な文学少年少女として模倣し、いつか模倣を止めるとともに自分の素質もしくは痼疾だけを拠りどころとする気難しい成獣となる。

しかしそれならば文学、例えば小説の場合に最初から本家の模倣をせず、あるいは本家があちらにあるとは考えず、国産品だけをお手本にして小説書きの修行を積めばどうか、ということになる。もっとてっとり早くあちらの影響の少ない珍種ができるのではないかというわけである。だがこれは、フランス料理を習うのに本場に行かなくてもよいという議論に通ずる。これが駄目なのは、近代小説は懐石料理ではなくてフランス料理だからである。あるいは着物ではなくて洋服なのである。しかし懐石料理や着物や能であるような文学は日本にはないのかと言えば、短歌、俳句ということになってしまう。それならば文学もこういう純国産品だけで済ませてはどうか。ところがこれは不可能であって、洋服や洋食を追放するわけにはいかず、小説を廃止するわけにもいかない。

そういうことはこの「暗い旅」を書いている時にも考えたが、今でも、小説の本家はあちらだという意識なしに無邪気に国内の流行だけを追って小説を書いている人を見ると、西洋乞食の真似をしているという意識もなく仲間同士で真似し合っている若い男女を見た時と同じ不可解な気分に襲われる。こういう連中こそ「インターナショナル」な種族なのかもしれない。昔、ある左翼の評論家が私のことを評して「インターナショナル」でないと言い、どうやらこれは非難のつもりのようであった。まさしく私は「インターナショナル」ではないのであって、あちらの本家を模倣するのも私が「インターナショナル」でない証拠である。

「暗い旅」も題を付けるのに苦労した。東海道線で旅をする話なので——当時はこれに乗って大阪や京都まで行くのにまだ旅の感じがあった——「旅」という言葉を使うことにして、まず思いついたのが *Sentimental Journey* というあちらの歌である。この *Sentimental* を *Blue* にかえてみると、そういう言い方があるかどうかわからないが、「暗い旅」とでもいうことになる。それで題が決った。

一九七五年九月二十三日

（『倉橋由美子全作品3』作品ノートより抜粋）

解説　不在を巡る物語

鹿島田真希

一体なんなのだろう。この恋にも似た激しい憧れと共感は。言葉にならない空虚な記号が魂を満たして、落ち着かない。理由もなく、泣きながら、あるいは歌いながら、商店街でもぶらぶらと歩いてみたくなる。「暗い旅」を読み終えるといつもそのような衝動に駆られる。まるでダヴィデが作った詩篇のように、繰り返し、途中から読み返しては、ため息をついて本を閉じる。自分が今、体験したモザイクのように美しく、圧倒的な正当性は一体なんなのだろう。そう自問してみる。

容姿の整った少女の性器に触れるように、こわごわとこの作品に近づいてみることにする。

この物語は一見、断片的に構成されているようにみえる。しかしかれ、ミチヲと主人公の出会いから、愛の形成と発展、そして主人公の鎌倉から京都への道順などは、ほぼ時系列に沿って並んでいると考えていい。断片的であるのは、列車に乗車中の、主に「あなた」の回想部分だ。

物語は、婚約者であるミチヲの捜索願いを出すことを考えるところから始まる。作品の中ではそれが「かれの不在」と名づけられている。かれの不在。かれがいないということ。この不在という不自然なまでの、テクニカルタームはなんだろう。

この記号の秘密を知るには、「あなた」とかれのあいしあいかたを知らなければならない。二人は境界線を成す、男と女としてではなく、まるで、その肉体の境目が溶けて消えてしまうような、兄妹のようにあいしあっていた。否、それを目的としていただけなのかもしれない。

二人の愛はまるで、特化されたものかのように aimer と、そして抱擁は embrasser と呼ばれる。まるで、個々にはそれぞれ違った愛の形があるのだと言わんばかりに、あるいは、二人の愛だけでもせめて、特別なあいしあいかたを目指していたかのように。二人は決して愛し合わないこと(あいしあわないこと、ではなく)そして、互いの相手が別の肉体を embrasser しても咎めないことなどを約束しあう。

しかし二人が目指していた aimer の形には時折、陰がさす。「あなた」はかつて共によく遊んでいた悠里とかれが、肉体関係をもっていたという過去を知るのだ。その時、純粋で特別な儀式であった embrasser の思い出は侵食され、不純なものとなる。「あなた」はかれに悠里を aimer すべきでなかった、と言う。その嫉妬という体験は、多くの女がするような体験となにも変わっていなかった。それは、月経がどんな純潔な少女にも訪れるように。

そして回想は、「あなた」の少女時代へとめぐらされる。海水浴へ訪れた時に、少年たちに裸になるように命令され、裸になったという思い出だ。そしてその次の日、少女は初潮を迎える。「あなた」はこの時、自分が女であること、絶対的な凹であることを自覚する。男根の不在だ。

話を不在に戻すことにしよう。この物語は、「あなた」をめぐる二つの不在についての物語だ。一つは、新しい思想、新しい愛の形をもたらす、かれ、というパートナーの不在。もう一つは女としての絶対的な凹としての男根の不在。この両者はもしかすると区別すべきものではないかもしれない。両者は、表裏一体であり、シャム双生児のように、部分的に一体であるともいえる。

なぜそういえるのか。それは、二人の aimer と embrasser の儀式から知ることができる。この時「あなた」は生まれ変わった新しい女、あるいは少年のようなものとして、かれをあいそうと試みており、その挫折は、女であるということが、逃れられないスティグマであるということに由来しているからだ。

女という生き物は、生涯を通じて不在の体験をすることになる。おちんちんがないということが、自分にどんな災いをもたらすのか、最初は気づくことがない。ただ、幼い頃からぼんやりと、自分は男という性別に比べて、軽んじられている、そう感じるだけだ。

社会的な側面からみえない部分では、女は、語らない存在として、育成されているようにもみえる。男が不満を雄弁に語り、その言葉に啓蒙されて、不満を解消しているようにみえるのに対して、女は自分を表現する言葉をもたないのだ。女の不満、それは哀しみとも表現できるが、それは、言葉で表現できるものではない。それを生む、環境もトラウマも存在しないのだから。女はただ、自分自身を疑う。どうしたのだろう。自分はなぜ、こんなにも不満だらけで哀しく、そして憂鬱なのだろう、と。私の夫は私にとても優しくしてくれる。私を怒らせるような暗い過去はなかった。それなのに、何故？と。それを表現しようとすると、詩人か、あるいは狂人のようになってしまう、と。語る存在である人間にとって、語らぬ存在というのは、不在の存在であるといってもいいだろう。

この作品は、語らぬ存在、不在の存在である女の一生の旅と表現してもいいだろう。哀しみを抱えた女、それは物語の始まるずっと前から存在している。物語は、新しい女、あるいは女そのものでなくなろうとしている女の物語だ。そして、その女が男と出会い、新しい恋愛、新しいセックスを発明しようとする物語だ。しかし読者は、その新しい関係を築こうとしている、男が不在であるということを知っている。不在であることを既知とした、女のとても空虚な愛と性についての物語なのだ。

物語も終盤になると、「あなた」は佐伯という男と出会う。ここで初めて「あなた」は凹としての相手の凸、女に対する男に出会う。「あなた」は初めて男というものの、エロティックな接触に遭遇する。

この時、「あなた」は自己に対して、他者というものを自覚する。語らない存在にとって、他者は脅威となるものだ、そして「あなた」は自分にとって、かれが自己の延長にすぎないこと、鏡に映った向こう側の人間であることを知り、涙を流す。

「あなた」は結局、佐伯と再びセックスするのだろうか。それはわからないまま物語は終わっている。しかしこの作品は、女にとってもっともありふれた物語であるといってもいい。そして多くの男に抱かれた女は知っているだろう。他者と性を営むと、その瞬間、まったくの自己の不在が起きるということを。この作品は、そんな語らない存在である女が、フランスの現代思想に感化されて語る存在になろうとした、若い時の、一瞬の輝きが示されている。その続きはどうなるのだろう？　女は言語を獲得すると、どのような生き物に変身するのだろう。それを描くのが、われわれの仕事だ。

本作品は一九六一年、東都書房より書き下ろし単行本として刊行されました。のちに六九年、学芸書林より単行本として、七一年、新潮文庫として刊行され、七五年、新潮社刊『倉橋由美子全作品3』に収録されました。

本書は『倉橋由美子全作品3』収録版を底本としました。

なお本書には今日の人権意識からは不適切と思われる表記がありますが、時代背景、作者の物故、小説作品であることを鑑み、発表時のままとしました。

暗《くら》い旅《たび》

二〇〇八年 九 月二〇日 初版発行
二〇二三年一〇月三〇日 3刷発行

著 者 倉橋《くらはし》由《ゆ》美《み》子《こ》
発行者 小野寺優
発行所 株式会社河出書房新社
〒一五一−〇〇五一
東京都渋谷区千駄ヶ谷二−三二−二
電話〇三−三四〇四−八六一一（編集）
〇三−三四〇四−一二〇一（営業）
https://www.kawade.co.jp/

ロゴ・表紙デザイン 粟津潔
本文フォーマット 佐々木暁
本文組版 KAWADE DTP WORKS
印刷・製本 中央精版印刷株式会社

落丁本・乱丁本はおとりかえいたします。

Printed in Japan ISBN978-4-309-40923-8

青春デンデケデケデケ

芦原すなお　40352-6

1965年の夏休み、ラジオから流れるベンチャーズのギターがぼくを変えた。“やーっぱりロックでなけらいかん”——誰もが通過する青春の輝かしい季節を描いた痛快小説。文藝賞・直木賞受賞。映画化原作。

A感覚とV感覚

稲垣足穂　40568-1

永遠なる“少年”へのはかないノスタルジーと、はるかな天上へとかよう晴朗なA感覚——タルホ美学の原基をなす表題作のほか、みずみずしい初期短篇から後期の典雅な論考まで、全14篇を収録した代表作。

オアシス

生田紗代　40812-5

私が〈出会った〉青い自転車が盗まれた。呆然自失の中、私の自転車を探す日々が始まる。家事放棄の母と、その母にパラサイトされている姉、そして私。女三人、奇妙な家族の行方は？　文藝賞受賞作。

助手席にて、グルグル・ダンスを踊って

伊藤たかみ　40818-7

高三の夏、赤いコンバーチブルにのって青春をグルグル回りつづけたぼくと彼女のミオ。はじけるようなみずみずしさと懐かしく甘酸っぱい感傷が交差する、芥川賞作家の鮮烈なデビュー作。第32回文藝賞受賞。

ロスト・ストーリー

伊藤たかみ　40824-8

ある朝彼女は出て行った。自らの「失くした物語」をとり戻すために——。僕と兄アニーとアニーのかつての恋人ナオミの３人暮らしに変化が訪れた。過去と現実が交錯する、芥川賞作家による初長篇にして代表作。

狐狸庵交遊録

遠藤周作　40811-8

遠藤周作没後十年。類い希なる好奇心とユーモアで人々を笑いの渦に巻き込んだ狐狸庵先生。文壇関係のみならず、多彩な友人達とのエピソードを記した抱腹絶倒のエッセイ。阿川弘之氏との未発表往復書簡収録。

肌ざわり

尾辻克彦　40744-9

これは私小説？　それとも哲学？　父子家庭の日常を軽やかに描きながら、その視線はいつしか世界の裏側へ回りこむ……。赤瀬川原平が尾辻克彦の名で執筆した処女短篇集、ついに復活！　解説・坪内祐三

父が消えた

尾辻克彦　40745-6

父の遺骨を納める墓地を見に出かけた「私」の目に映るもの、頭をよぎることどもの間に、父の思い出が滑り込む……。芥川賞受賞作「父が消えた」など、初期作品5篇を収録した傑作短篇集。解説・夏石鈴子

東京ゲスト・ハウス

角田光代　40760-9

半年のアジア放浪から帰った僕は、あてもなく、旅で知り合った女性の一軒家を間借りする。そこはまるで旅の続きのゲスト・ハウスのような場所だった。旅の終りを探す、直木賞作家の青春小説。解説＝中上紀

ぼくとネモ号と彼女たち

角田光代　40780-7

中古で買った愛車「ネモ号」に乗って、当てもなく道を走るぼく。とりあえず、遠くへ行きたい。行き先は、乗せた女しだい——直木賞作家による青春ロード・ノベル。解説＝豊田道倫

ホームドラマ

新堂冬樹　40815-6

一見、幸せな家庭に潜む静かな狂気……。あの新堂冬樹が描き出す“最悪のホームドラマ”がついに文庫化。文庫版特別書き下ろし短篇「賢母」を収録！　解説＝永江朗

母の発達

笙野頼子　40577-3

娘の怨念によって殺されたお母さんは〈新種の母〉として、解体しながら、発達した。五十音の母として。空前絶後の着想で抱腹絶倒の世界をつくる、芥川賞作家の話題の超力作長篇小説。

きょうのできごと

柴崎友香　40711-1

この小さな惑星で、あなたはきょう、誰を想っていますか……。京都の夜に集まった男女が、ある一日に経験した、いくつかの小さな物語。行定勲監督による映画原作、ベストセラー!!

青空感傷ツアー

柴崎友香　40766-1

超美人でゴーマンな女ともだちと、彼女に言いなりな私。大阪→トルコ→四国→石垣島。抱腹絶倒、やがてせつない女二人の感傷旅行の行方は？映画「きょうのできごと」原作者の話題作。解説＝長嶋有

次の町まで、きみはどんな歌をうたうの？

柴崎友香　40786-9

幻の初期作品が待望の文庫化！　大阪発東京行。友人カップルのドライブに男二人がむりやり便乗。四人それぞれの思いを乗せた旅の行方は？ 切なく、歯痒い、心に残るロード・ラブ・ストーリー。解説＝綿矢りさ

ユルスナールの靴

須賀敦子　40552-0

デビュー後十年を待たずに惜しまれつつ逝った筆者の最後の著作。20世紀フランスを代表する文学者ユルスナールの軌跡に、自らを重ねて、文学と人生の光と影を鮮やかに綴る長編作品。

ラジオ　デイズ

鈴木清剛　40617-6

追い払うことも仲良くすることもできない男が、オレの六畳で暮らしている……。二人の男の短い共同生活を奇跡的なまでのみずみずしさで描き、たちまちベストセラーとなった第34回文藝賞受賞作！

サラダ記念日

俵万智　40249-9

〈「この味がいいね」と君が言ったから七月六日はサラダ記念日〉――日常の何げない一瞬を、新鮮な感覚と溢れる感性で綴った短歌集。生きることがうたうこと。従来の短歌のイメージを見事に一変させた傑作！

香具師の旅

田中小実昌　40716-6

東大に入りながら、駐留軍やストリップ小屋で仕事をしたり、テキヤになって北陸を旅するコミさん。その独特の語り口で世の中からはぐれてしまう人びとの生き方を描き出す傑作短篇集。直木賞受賞作収録。

ポロポロ

田中小実昌　40717-3

父の開いていた祈禱会では、みんなポロポロという言葉にならない祈りをさけんだり、つぶやいたりしていた——表題作「ポロポロ」の他、中国戦線での過酷な体験を描いた連作。谷崎潤一郎賞受賞作。

さよならを言うまえに　人生のことば292章

太宰治　40224-6

生れて、すみません——39歳で、みずから世を去った太宰治が、悔恨と希望、恍惚と不安の淵から、人生の断面を切りとった、煌く言葉のかずかず。テーマ別に編成された、太宰文学のエッセンス！

新・書を捨てよ、町へ出よう

寺山修司　40803-3

書物狂いの青年期に歌人として鮮烈なデビューを飾り、古今東西の書物に精通した著者が言葉と思想の再生のためにあえて時代と自己に向けて放った普遍的なアジテーション。エッセイスト・寺山修司の代表作。

枯木灘

中上健次　40002-0

自然に生きる人間の原型と向き合い、現実と物語のダイナミズムを現代に甦えらせた著者初の長篇小説。毎日出版文化賞と芸術選奨文部大臣新人賞に輝いた新文学世代の記念碑的な大作！

千年の愉楽

中上健次　40350-2

熊野の山々のせまる紀州南端の地を舞台に、高貴で不吉な血の宿命を分かつ若者たち——色事師、荒くれ、夜盗、ヤクザら——の生と死を、神話的世界を通し過去・現在・未来に自在に映しだす新しい物語文学！

無知の涙

永山則夫　40275-8

４人を射殺した少年は獄中で、本を貪り読み、字を学びながら、生れて初めてノートを綴った――自らを徹底的に問いつめつつ、世界と自己へ目を開いていくかつてない魂の軌跡として。従来の版に未収録分をすべて収録。

マリ&フィフィの虐殺ソングブック

中原昌也　40618-3

「これを読んだらもう死んでもいい」（清水アリカ）――刊行後、若い世代の圧倒的支持と旧世代の困惑に、世論を二分した、超前衛―アヴァンギャルド―バッド・ドリーム文学の誕生を告げる、話題の作品集。

子猫が読む乱暴者日記

中原昌也　40783-8

衝撃のデビュー作『マリ＆フィフィの虐殺ソングブック』と三島賞受賞作『あらゆる場所に花束が……』を繋ぐ、作家・中原昌也の本格的誕生と飛躍を記す決定的な作品集。無垢なる絶望が笑いと感動へ誘う！

リレキショ

中村航　40759-3

“姉さん”に拾われて“半沢良”になった僕。ある日届いた一通の招待状をきっかけに、いつもと少しだけ違う世界がひっそりと動き出す。第39回文藝賞受賞作。解説＝GOING UNDER GROUND 河野丈洋

夏休み

中村航　40801-9

吉田くんの家出がきっかけで訪れた二組のカップルの危機。僕らのひと夏の旅が辿り着いた場所は――キュートで爽やか、じんわり心にしみる物語。『100回泣くこと』の著者による超人気作がいよいよ文庫に！

黒冷水

羽田圭介　40765-4

兄の部屋を偏執的にアサる弟と、執拗に監視・報復する兄。出口を失い暴走する憎悪の「黒冷水」。兄弟間の果てしない確執に終わりはあるのか？史上最年少17歳・第40回文藝賞受賞作！　解説＝斎藤美奈子